Die letzten der fahrenden Ritter

Sir Cederik

Sir Cederik

Was für ein durchdringender, Gestank!

Eine Mischung, überwiegend aus Pferde- und Eselmist bestehend. Hinzu kam der Kot von Schafen und Hühnern. Die paar herumstreunenden Hunde fielen mit ihren Häufchen kaum ins Gewicht. Die Exkremente vieler Menschen hingegen schon. Trotz der Latrinen an dem kleinen Fluss hinter den Zeltreihen, erleichterten sich einige, aus reiner Bequemlichkeit, wo es gerade ging. Andauernd sah man sich in Gefahr, in eine der Hinterlassenschaften treten, was außer ihm niemanden zu stören schien.

Der überwiegende Teil des inzwischen stark niedergewalzten Grasbodens war bedeckt mit Streu. An besonders üblen Stellen erneuerte man es regelmäßig, sodass der Boden nicht allzu glitschig ausfiel.

Das jährliche Ritterturnier des Herzogs!

Große prächtige Zelte mit bunten Fahnen. In der ersten Reihe, mittig das Zelt des Herzogs und seiner Familie, eingerahmt von denen des höheren Adels.

Dahinter erstreckten sich die deutlich weniger prunkvollen Unterkünften der Ritter und der niedrigen Stände. In der dritten Rehe lagen ungeordnet die Quartiere für Besucher, Gesinde, Handwerker wie Hufschmiede, Waffenschmiede, Sattler, halt alles, was man im Umfeld eines Turniers benötigte.

Vor den Zelten, durch eine zehn mannlängen breite Gasse getrennt, standen die Tribünen für die Zuschauer.

Am Ende der Zeltreihen bauten Wirte wackelige Tische und Bänke auf, boten Essen und Trinken feil.

Von den Tribünen aus bot sich ein weiter Ausblick auf das Turniergelände.

Ganz vorne fanden Einzelkämpfe in verschiedenen Sparten, wie Schwertkampf und Lanzenstechen, aber auch Massengefechte mit stumpfen Waffen statt. Dabei standen Mut und Geschicklichkeit an erster Stelle, schwere Verletzungen und Tote gab es trotz allem recht oft.

Die beliebteste Form des Turniers erfolgte als Zwei-kampf, bei dem zwei mit Lanze und Schild bewaffnete Ritter auf zwei Seiten einer Schranke aufeinander zu galoppierten. Sie versuchten, sich gegenseitig aus dem Sattel zu heben. Oder zumindest einen Treffer am Schild oder Helm des Gegners zu landen. Fiel der von seinem Tier, kämpften sie mit dem Schwert den Wettkampf, aber auch mit ›scharfen‹ Lanzen, aus. Weshalb es häufig zu Todesfällen kam. Der Sieger erhielt vom Verlierer dessen Waffen, Rüstung und Pferd.

Beim Ringstechen zeigten die Kämpfer alleinig ihre Geschicklichkeit. Sie galoppierten an einem Pfahl vorbei, dort hingen kleine Ringe, welche mit der Lanze ab zu nehmen waren. Diese schwierige Übung war nur etwas für Ritter, die sowohl fest im Sattel saßen als auch sicher mit der Lanze umgehen konnten.

Beim Schießen mit Langbögen auf feststehende Ziele bewiesen die Männer ihre Treffsicherheit. Das Turnier war nicht ausschließlich dem Wettkampf gewidmet, son-dern trug auch zur Erbauung des Volkes bei.

Und dann gab es, direkt vor der Loge des Königs, eine zehn mannlängen im Geviert messende, mit Seilen abgetrennte Arena. Hier ging es einzig und allein um Leben und Tod!

Verbissene Kämpfe mit scharfgeschliffenen Schwertern, oder mit Messern, Lanzen sowie mit blanken Fäusten.

Beleidigungen, Rechtsstreitigkeiten, persönliche Feindschaften konnten hier in aller Öffentlichkeit endgültig geklärt werden. Oft kam es auch zu tödlichen Zweikämpfen, wenn ein Ritter einen anderen herausforderte. Entweder, um seine Stärke zu demonstrieren, oder den Ruf des am meisten gefürchteter Kämpfers zu erhalten.

Vor den Zelten, durch eine zehn mannlängen breite Gasse getrennt, standen die Tribünen für die Zuschauer. Am Ende der Zeltreihen bauten Wirte Tische und Bänke auf, boten Essen und Trinken feil.

Von den Tribünen aus bot sich ein weiter Ausblick auf das Turniergelände.

Ganz vorne fanden Einzelkämpfe in verschiedenen Sparten, wie Schwertkampf und Lanzenstechen, aber auch Massengefechte mit stumpfen Waffen statt. Dabei standen Mut und Geschicklichkeit an erster Stelle, schwere Verletzungen und Tote gab es trotz allem recht oft.

Nachdenklich, die Wettkämpfe nur nebenbei verfolgend, saß er auf einer wackeligen Bank an einem nicht standfesten Tisch. Ein Krug Bier stand vor ihm, dazu ein saftiger Braten mit einer dunklen Soße und frischem Brot. Wieder einmal dachte er, vergebens wie immer, nach.

Wie hieß er wirklich? Er wusste es nicht. Genauso wenig wie und wo er herkam. Sein Leben begann im Wald.

Vor ein paar Jahren ...

In eine ihm selbst unbekannte Kleidung gehüllt, stand er unversehens in einem Wald. Die Bäume wuchsen weit auseinander. Drei Männer, nicht besonders sauber aussehend, kamen höhnisch grinsend auf ihn zu. Wegelagerer, Räuber, Diebsgesindel und Mörder.

Ihre Sprache? Kaum verständlich. Der erste sprang auf ihn zu, mit dem Schwert weit ausholend, in der löblichen Absicht, ihm den Kopf abzuschlagen. Für den Angreifer unvermutet stürmte er diesem entgegen! Blitzschnell unterlief er dessen Schwertarm, griff zu und der Mann segelte über ihn hinweg, mit dem Kopf voraus gegen einen Baumstamm, wobei dem Geräusch nach zu urteilen, dessen Genick brach. Er bückte sich und nahm das Schwert auf, ruhig den beiden anderen Halunken entgegentretend.

Immerhin bremste der Anblick ihres regungslos am Boden liegenden Kameraden ihren Schwung.

Vorsichtig, die Waffen vorgestreckt, kamen sie heran. Er sprang auf den Linken zu, wechselte aber im letzten Augenblick die Richtung und attackierte den rechten Angreifer. Dieser, völlig überrascht, verlor wortwörtlich den Kopf.

Rasch drehte er sich um und erledigte mühelos den fassungslos dastehenden, nichts begreifenden, dritten Banditen.

Reglos stand er einige Augenblicke da, über das Geschehen nachdenkend. Seit wann vermochte er mit einem Schwert umzugehen? Keine Ahnung. Wer war er? Woher kam er und wie lautete sein Name? Nicht der leiseste Hauch einer Erinnerung. Er hatte sein Gedächtnis verloren!

Wie sollte es nun weitergehen.

Die Frage klärte sich von selbst. Unversehens taumelte er gegen den nächsten Baum, sich unwillkürlich daran festhaltend. Grell zuckende Blitze, verwirbelte Farben füllten sein Blickfeld. Dann kam die Finsternis ...

Sekunden später blickte er in einen Raum mit völlig unverständlichen Einrichtungen. Glänzendes Metall, kleine bunte Lichtlein, seltsame Bilder ... erneute Dunkelheit.

Verblüfft sah er sich um. Auf dem feuchten Waldboden sitzend fand er sich wieder.

Was war das eben gewesen? Keine Ahnung. Also beschloss er, das Vorkommnis zu ignorieren, und wandte sich dem akuten Problem zu.

Die ungewöhnliche Kleidung durch ein ortsübliches Gewand zu ersetzen.

Er zog sich aus und sah überrascht auf seine Hüften. Ein eng anliegender Gürtel umschloss diese. Trotz mehrerer Versuche ließ sich der nicht öffnen. Das Material? Blausilbern, hochglänzend, aus einem ihm völlig unbekannten Metall gefertigt. Was sollte es. Wie es schien, trug er den bisher unter seinen Textilien. Ab jetzt verdeckte ihn das Gewand des Räubers. Später blieb noch genug Zeit, um sich darum kümmern.

Bandit Nummer eins, welcher sich den Hals gebrochen hatte, trug eine einigermaßen sauber aussehende Oberbekleidung. Wie es darunter aussah? Egal, er brauchte auch diese, allerdings erst nach einer gründlichen Wäsche im nächsten Bach. Beim Entkleiden der Leiche fiel ihm ein schwerer, mit Münzen wohlgefüllter Beutel in die Hände, was ihn bewog, umgehend die weiteren Toten zu untersuchen. Mit einem durchaus erfreulichen Ergebnis.

Danach wickelte er die Messer und Schwerter er in ein Stoffbündel, klemmte sich alles unter den Arm und schritt in die Richtung, aus der die Angreifer kamen.

Knapp zweihundert Mannlängen weiter fand er ihre Pferde, sattelte sie ab und leerte die Taschen. Aus deren Inhalt stellte er sich eine ihm geeignet erscheinende Ausrüstung zusammen.

Rein nach Gefühl, er war kein Pferdekenner, suchte er sich das beste Tier heraus, versah es mit dem unauffälligsten Sattel ohne Zierrat und einem unscheinbaren Zaumzeug.

Es nahm an, dass die Tiere in der näheren Umgebung durchaus bekannt waren. Daher schien es ihm geraten, Ansiedlungen in weitem Umkreis in der nächsten Zeit tunlichst zu meiden.

Abgesattelt, ohne Zügel, ließ er die übrigen Pferde frei, irgendjemand würde sie einfangen und behalten.

Seines führte an einer Leine hinter sich her. An einem kleinen, nicht allzu kalten Bach wusch er gründlich die Kleidung des ersten Toten. Vor allem die Hose. Später musste er sich unbedingt frische, ungetragene Wäsche kaufen. Garantiert ohne Läuse und sonstiges Ungeziefer!

Kräftig ausgewrungen, zog er, nach dem er die eigenen Sachen ablegte, die noch feuchten Textilien an.

Sein bisheriges Gewand, zusammen mit einigen ihm unbekannten Gegenständen, faltete er so klein, wie es ging. Anschließend wickelte er alles in ein Tuch und verstaute es unten in eine der Satteltaschen. Vielleicht konnte er das Eine oder Andere irgendwann noch gebrauchen.

Danach ritt er los.

*

Wie lange war das her? Drei oder vier Jahre?

Unauffällig in einer Stadt in einem preisgünstigen Gasthaus einquartiert, erneuerte er zuerst seine Garderobe. Dabei kam er an einer Schmiedewerkstatt vorbei. Die bisher mitgeführten Waffen und Messer tauschte er gegen ein besseres Schwert ein. Mit dem Schmied kam er in ein Fachgespräch.

Nein, zwei verschiedene Eisen ineinander schmieden und falten, kannte dieser nicht. Woraufhin er sich das vorhandene Material genauer ansah. Und auch fündig wurde.

Ein großzügiger Geldbetrag in die Hand gedrückt und der Schmied zeigte sich bereit, zusammen mit ihm, am nächsten Tag ein neuartiges Schwert anzufertigen.

Wobei er sich wiederum im Stillen fragte, woher er die Technik des Faltens kannte.

Nach dem Schmieden kam noch das Thema Weichglühen, Schleifen und Härten hinzu. Alles in allem vergingen drei Tage. Danach besaß er eine hervorragende Waffe.

Nebenbei ließ er sich ein älteres, nicht besonders hochwertiges Schwert geben. Abschleifen, härten und vorsichtig anlassen ergaben eine ausgezeichnete Stichwaffe, ein Rapier. Demonstrativ führte er an einem mit Stroh gefüllten Sack dessen Gebrauch vor.

Jetzt benötigte noch ein Schild.

Kreisrund, aus mehreren Schichten bestehend, rund siebzig Zentimeter im Durchmesser. Mehrere dünne Metall und Holzschichten miteinander verleimt, die oberste Schicht aus fünf verschiedenen ineinander geschmiedeten Blechen bestehend, im Prinzip dem eines gefalteten Schwertes entsprechend.

Der Schmied seinerseits, der erkannte, wie erstklassig das gefaltete Schwert und das Rapier wirkten, wie widerstandsfähig das Schild war, begann sofort weitere der neuen Waffen anzufertigen. Ohne Gesellen. Vorläufig sollte alles sein Geheimnis bleiben.

Ihm war es gleichgültig und nach kurzer Zeit ritt er wieder los. Inzwischen, der Schmied erkundigte sich nach seinem Namen und Herkunft, hatte er sich festgelegt:

Er nannte sich Sir Cederik, genauer Ritter Cederik, vom gelben Fels am silbernen See. Viele Reitwochen entfernt von hier, weit im Nordosten gelegen. Als dritter Sohn eines einfachen Landadligen erhielt er zwar den Ritterschlag, aber mehr nicht.

Ein fahrender Ritter, mit nichts außer einem Pferd, dem Sattel und Schwert.

Natürlich akzeptierte man das sofort. Sein außergewöhnliches Wissen um Schwertschmiedetechnik, genügte zum Beweis für eine adlige Abkunft. Hinzu kam, dass er Lesen und Schreiben beherrschte. Normalerweise kamen diese Kenntnisse überwiegend nur in Klöstern und bei den Ratsschreibern vor. Papier erwies sich als selten und teuer. Hergestellt aus dem begrenzt vorhandenen Rohstoff Hadern, Lumpen alter Kleider und Stoffe.

Unter dem lebhaften Bedauern des Schmiedes ritt er weiter, von Dorf zu Dorf, von Weiler zu Weiler, von Stadt zu Stadt.

Unterwegs erweiterte er sein Waffenarsenal um Bogen samt Pfeilen sowie um ein paar Wurfmesser und Wurfsterne.

Ab und an, wenn auf seiner Reise ein Turnier stattfand, beteiligte er sich daran. Allerdings trat er nur bei sportlichen Wettkämpfen wie Ringe stechen oder Bogenschießen an. Niemals bei Schwertkämpfen von Mann zu Mann.

Die gewonnenen Preisgelder reichten ihm zum Leben. Manchmal verdingte er sich auch bei Kaufleuten, wenn diese mit ihren Handelsgütern unterwegs waren, als Wache.

Ein paarmal wurden sie von Wegelagerern überfallen, welche ihm dann freundlicherweise ihr Hab und Gut, vor allem aber ihre Börsen überließen.

Eines Tages ...

Eine Herberge in einer kleinen Stadt. Leise geflüsterte Worte:

›Der Schwarze Ritter‹.

Angeblich ein Hüne von einem Mann in einer schwarzen Rüstung. Das Visier blieb stets geschlossen. Niemand sah je sein Gesicht. Dessen Kampftaktik war einfach: Mit roher Kraft hämmerte er fröhlich auf das Schild des Gegners. Dieser, überwiegend in der Defensive, ermüdete meist nach kurzer Zeit. Gab er rechtzeitig auf, behielt er zumindest sein Leben. Sein Pferd, seine Ritterrüstung und Waffen gingen jedoch an den Sieger. Weshalb es nach einiger Zeit es ein jeder vermied, gegen den praktisch unbesiegbaren ›Schwarzen Ritter‹ anzutreten.

Wenn sich kein Kämpfer fand, beleidigte er zwei bis drei beliebige, auf dem Turnier anwesenden Ritter, bis sie, um ihre Ehre zu retten, sich zum Zweikampf stellten. Geschlagen, gedemütigt und bar ihrer Habe zogen sie anschließend ab.

Laut und höhnisch lachend ritt der ›Schwarze Ritter‹, die erbeuteten Pferde im Schlepptau, mit unbekanntem Ziel weiter. Mit der Zeit nahmen immer weniger Ritter an den Wettkämpfen teil, meist umgehend verschwindend, wenn der Angstgegner auftauchte.

Dieses Turnier jedoch, veranstaltet vom Herzog, sollte das Problem lösen. Ein wahrhaft fürstlicher Preis von einhundert Goldgulden winkte dem Sieger. Garantiert würden sich, vom Gold geblendet, die kampfstärksten Recken einfinden um den ›Schwarzen Ritter‹ besiegen!

*

Aus diesem Grund saß er hier bei dem Turnier an einem Tisch, abwartend ob und wann der ›Schwarze Ritter‹ auftauchte.

Ein Raunen ging durch die Menge. Laute Rufe: »Er kommt, er kommt!«, zeigten das Nahen des mordlustigen Ritters an.

Hoch auf dem Ross, in aufrechter Haltung, ganz in Schwarz, kräftige Figur, unheilvoll und drohend aussehend. Allein bei dessen Anblick hatten die meisten Kämpfer bereits die Hosen voll. Psychologische Kriegsführung sozusagen. Ihn beeindruckte der ›Schwarze Ritter‹ hingegen wenig.

Er winkte einen jungen Knappen, den Abzeichen nach zu urteilen bei niemandem im Dienst stehend, heran.

»Mein Name ist Ritter Cederik. Wenn du noch frei bist, will ich dich gerne für ein paar Stunden in meinen Dienst nehmen. Bist du daran interessiert?«

Fragend sah er den Jungen an.

Dieser erschrak für einen Moment, dann nickt der zögernd.

»Fein!«

Er reichte ihm eine Goldmünze und befahl:

»Gehe sogleich zum Turnierveranstalter und sage ihm, dass Ritter Cederik den ›Schwarzen Ritter‹ zum Schwertkampf herausfordert! Hast du das verstanden?«

Er sprach recht laut, von den Umstehenden klar zu verstehen.

Entsetzt sahen ihn diese an. Was für ein Wahnsinniger! Er beschwor seinen Tod geradezu herbei.

Ungerührt ließ er die Kommentare und Warnungen über sich ergehen, sie nicht zur Kenntnis nehmend. Wozu auch?

An den Wirt gewandt:

»Ich hole mir nur meine Waffen, bis gleich!«

Gelassen schritt er zum Unterkunftszelt. Kaum drei Minuten später kam er zurück, in der Linken ein silbern glänzendes Schwert, in der Rechten ein für die fachkundigen Zuschauer ungewöhnlich kleines Schild. An seiner linken Seite baumelte sein Rapier.

Alles in allem wenig beeindruckend, zumal sie das bisher unbekannte Rapier an der Hüfte als Spielzeug einstuften. Soeben verkündete der Ausrufer lauthals die Herausforderung mit dem Hinweis, dass sich die Ritter umgehend in der Arena vor der herzoglichen Loge einzufinden hätten.

Gelassen begab er sich zur Kampfstätte. Das laufende Turnier wurde unterbrochen, alles strömte zum Kampfplatz. Jeder wollte den Verrückten sehen, welcher es wagte, sich freiwillig mit dem ›Schwarzen Ritter‹ anzulegen. Er lächelte dünn. Psychologisch befand er bereits im Vorteil. Sein Kontrahent war auf einen sofortigen Kampf wohl kaum vorbereitet, müde von der Anreise, und besaß zudem keine Zeit mehr für irgendwelche Psychospielchen. Die Schaulustigen bildeten eine meterbreite Gasse, sodass er ungehindert zum Kampfareal kam. Sein Gegner war noch nicht da. Er begab sich zu der vom Eingang aus gesehenen rechten Seite. Noch ein

Pluspunkt für ihn. Die Sonne in seinem Rücken blendete den Feind, während er diesen genau sah.

Es vergingen noch einige Minuten, ehe der ›Schwarze Ritter‹ die Arena betrat. Leicht verunsichert wirkend stellte der sich ihm gegenüber auf, ungefähr drei Mannlängen entfernt, das Schwert kampfbereit in der Rechten haltend. Wie er es erwartete. Sein Gegner würde eine winzige Zeitspanne benötigen, um weit auszuholen. Gut so!

Das Zeichen zur Kampffreigabe!

Noch während sein Widersacher ausholte und auf ihn zugehen wollte, sprang er mit einem gewaltigen Satz auf diesen zu, seinen Schild kraftvoll von unten nach oben hochziehend.

Mit einem weithin tönenden Scheppern flog dessen Helm vom Kopf. Der Schildrand versetzte ihm dabei zusätzlich einen harten Schlag auf die Nase, sodass ihm die Tränen in die Augen schossen, vorübergehend die Sehfähigkeit einschränkte. Einen Schritt zurück und das Rapier gezogen, die Spitze auf die gegnerische Kehle gerichtet.

Verblüfft nahm er das Ergebnis zur Kenntnis.

Sein Schwert fallen lassend, stand der ›Schwarze Ritter‹ taumelnd vor ihm, sich die heftig blutende Nase haltend.

Danach kam der Schock!

Der ›Schwarze Ritter‹ war eine kräftige Frau! Eine Amazone!

Überrascht trat er einige Schritte zurück. Wie sollte es weitergehen?

Die Zuschauer, von dem kurzen, unüblichen Kampf und der Enttarnung des ›Schwarzen Ritters‹ wie vom Donner gerührt, standen sprachlos da. Totenstille rund um!

Die Stimme des Herzogs brach den Bann und enthob ihn einer Entscheidung:

»Wachen! Bringt die Frau zu mir! Ritter Cederik, Ihr seid der Sieger! Bitte kommen Sie ebenfalls zu mir, betrachten Sie sich als meinen Gast!«

Auch recht.

Die Qualität des Essens und der Getränke würde sich von nun andeutlich verbessern.

»Das Turnier wird für heute unterbrochen! Morgen geht es weiter!«

Schau an. Der Ausrufer.

Aufgeregt, die Ungeheuerlichkeit lauthals diskutierend, zerstreuten sich die Zuschauer, was die Schankwirte, an deren Tischen es jetzt lebhaft zuging, erfreute.

*

Huldvoll empfing ihn der Herzog.

»Bitte nehmt zu meiner Rechten Platz. Sagt an, edler Ritter, wie lautet euer Name?«

»Eure Durchlaucht, ich heiße Sir Cederik vom gelben Fels am silbernen See! Viele Monde von hier entfernt, im Nordosten gelegen. Aber als dritter Sohn eines kleinen Landadligen ...«

Dies verstanden alle sofort und akzeptierten es. bewundernd erkundigte sich der Herzog:

»Euren Kampfstil, der Einsatz eines Schildes, nicht zur Verteidigung, sondern als Angriffswaffe, wo habt ihr dieses gelernt?«

»Eure Durchlaucht, da wo ich herkomme, gibt es einen Klosterorden, welcher die Kunst dieser Kampfart, Bajiquan genannt, lehrt! Ziel besteht darin, einen Gegner, wie Eure Durchlaucht soeben gesehen hat, mit einem einzigen Schlag besiegen zu können. Die Techniken sind hart und kraftvoll und es bedarf vieler Übung, um einen Erfolg zu erzielen. Als einer der Meister des Ordens war es mir ein leichtes, den ›Schwarzen Ritter‹ herauszufordern und dessen Unwesen ein Ende zu bereiten!«

Interessiert hörte der Herzog zu. Anschließend wandte sich seine Aufmerksamkeit der trotzig dreinsehenden, vor ihm stehenden Frau zu. Noch immer tropfte Blut aus ihrer sicherlich heftig schmerzenden Nase.

»Wer heißt Ihr?«

Sie antwortete nicht. Nachdem er erneut fragte und da er wiederum keine Antwort erhielt, wollte er nach dem Henker rufen.

»Sir Cederik!« Sein Knappe. Leise flüstert der ihm ein paar Worte ins Ohr. Begreifend nickte er, das Wort an den Herzog richtend.

»Sie brauchen nicht weiter zu fragen, Eure Durchlaucht. Diese Dame ist die Prinzessin Dorothea, eine der Töchter ihres Landgrafen Theoderich!«

Fassungslose Stille.

Obwohl in Deckung hinter Sir Cederik stehend, erblickte der Herzog den Knappen.

»Elsbeth? Du?«

Heute war anscheinend der Tag der Überraschungen. Sein Knappe war ein Mädchen! Bevor er sich noch von seinem Erstaunen erholte, fauchte der Herzog:

»Wie kommst Du dazu, dich so zu verkleiden?«

Und an ihn gerichtet:

»Euer Knappe ist meine ungehorsame Tochter Elsbeth. Sie möchte unbedingt Ritterin werden!«

Grinsend, mit bezeichnendem Blick auf Prinzessin Dorothea antwortete er:

»Jetzt, Euere Durchlaucht, gibt es bereits zwei Anwärterinnen auf den Ritterstand. Sie müssten nur noch einen Orden für Ritterinnen gründen. Sicherlich freut sich Graf Theoderich, die Ordensleitung übernehmen zu dürfen. Da steht seine Tochter stets unter Aufsicht!«

Wenn Blicke töten könnten!

Anschließend, die Prinzessin ernst ansehend:

»Weshalb töteten Sie so viele Ritter? Sind Sie auf diese neidisch? Oder was sonst?«

Die Frau schluckte und druckste.

»Na, warum?«

Endlich bequemte sie sich zu einer Antwort:

»Ich hasse diese Lumpenkerle! Von wegen ›edle‹ Ritter! Nichts als dreckige Schweine. Einer hat mich vor Jahren ...!«

»Schon gut! Erwischten sie den Kerl wenigstens?«

»Bisher nicht, aber eines Tages ...«

Der Herzog bestimmte umgehend:

»Prinzessin! Sie kommen vorläufig in ritterliche Haft, solange, bis wir Sie ihrem Vater übergeben. Und Du Els-

beth, trägst ab sofort wieder standesgemäße Frauenklei-
dung! Gehe sogleich zu deiner Mutter! Wir zwei sprechen uns später noch!«

Woraufhin die Wachen Dorothea abführten und sein
ehemaliger Knappe sich schmollend trollte.

»Ritter Cederik, meine Getreuen, wir begeben uns in
mein Zelt und setzen uns zu Tisch! Lasst uns essen und
trinken!«

*

Es wurde noch ein netter Abend.

Der Herzog stellte viele Fragen, vor allem seine Waffen
betreffend. Das Schwert und besonders sein Rapier
erregten dessen Aufmerksamkeit. Er reichte die sie dem
Herzog:

»Eure Durchlaucht, darf ich sie ihnen schenken? Wenn
Sie gestatten, lehre ich ihren Hofschmied, wie man
solche Waffen anfertigt. Gerne unterweise ich auch einige
von euren ›Jungen Herren‹ in deren Gebrauch.«

Zustimmend griff dieser hocherfreut zu.

»Meinen Dank, Ritter Cedrik! Ich werde ...!« Der Herzog unterbrach sich.

Ein würdevoller Mann mittleren Alters, in einer kost-
baren Jagdkleidung, gefolgt von zwei Bediensteten und
mehreren Zofen, betrat das Zelt.

»Graf Theoderich! Willkommen! Bitte setzen Sie sich zu
uns!« Schau an, der Vater des bisherigen ›Schwarzen Ritters‹!

Das Gesicht des Grafen war wirklich sehenswert, als er begriff, wer der ›Schwarze Ritter‹ war und was er machen sollte.

Nach dem zweiten Humpen freundete er sich langsam mit der Idee an. Sie tranken auf den zukünftigen weiblichen Ritterorden. Und nochmal und nochmal ...

*

Am nächsten Tag, in der herzoglichen Loge, im Schatten unter einem Baldachin, ließ sich der Kater einigermaßen aushalten. Schadenfroh stellte er fest, dass es seiner Durchlaucht und dem Grafen auch nicht besser ging.

Das gestern unterbrochene Turnier ging weiter. Laut Veranstalter noch zwei Tage.

Vor sich hindösend saß er in einem leidlich bequemen Sessel. Vier Sitze entfernt thronten, in edle Roben gekleidet, die Herzogin und ihre Tochter. Plötzlich merkte er auf.

Einer der ›Jungen Herren‹ forderte ihn auf beleidigende Art und Weise heraus. Seufzend erhob er sich.

»Eigentlich sollte ich mit so einem Feigling, wie Ihr es seid, nicht in den Ring steigen! Gestern hattet Ihr beim Anblick des ›Schwarzen Ritters‹ noch die Hosen voll! Da du Jüngelchen mich herausgefordert hast, bestimme ich die Art des Kampfes, und zwar von Mann zu Mann ohne Waffen! Ohne Rüstung! Nehmt an oder verzieht Euch!«

Auch wenn es diesem nicht behagte, so musste er sich den Bedingungen fügen.

Immerhin schien er weitaus kräftiger zu sein als der schlanke Ritter.

Nach kaum einer Minute standen sie sich im Ring gegenüber. Mit einem lauten Kampfschrei warf er sich auf Sir Cederik. Sekunden später krümmte er sich schmerzerfüllt auf dem schmutzigen Boden. Sir Cederik wich ihm blitzschnell aus und stieß ihm zwei ausgestreckte Finger in die Nieren.

Erst nach einigen Augenblicken kam das Jüngelchen taumelnd wieder hoch. Mit hasserfülltem Blick schritt er langsam auf seinen Gegner zu. Dieser kam ihm unverhofft entgegen, zog ihn am Arm zu sich heran und wirbelte ihn durch die Luft. Krachend landete er erneut im Dreck. Immerhin, er versuchte es noch ein weiteres Mal. Ein wirklich guter Versuch. Wiederum lag er anschließend schmerzgekrümmt, diesmal mit einem gebrochenen Arm und ausgerenkter Schulter, schreiend da. Zwei Knappen mit einer Trage rannten herbei und luden den Verletzten auf, ihn eilends zum Heiler tragend.

Müde schritt er zur Loge zurück.

»Ihr hättet in mühelos töten können, sehe ich das richtig?«

»Jawohl, Herr Herzog. Aber so ist er ein abschreckendes Beispiel für andere möchtegern Herausforderer und ich bekomme jetzt bis auf Weiteres meine Ruhe!«

Dankend nahm er den ihm gereichten Krug mit einem kühlen Weißwein entgegen, einen kräftigen Schluck zu sich nehmend.

Ah, das tat gut!

Gelangweilt verfolgte er das Turnier, welches ab jetzt ungestört weiterging.

Zum Glück konnte er die Gedanken von Jungfer Elsbeth nicht lesen.

Die hatte inzwischen ihre Prioritäten neu festgelegt. Als gestern Abend alle noch halbwegs nüchtern waren, gründeten sie den ›Orden der weißen Lilien‹.

Hörte sich ausgezeichnet an. Dem Vernehmen nach war auch Dorothea, die Tochter des Landgrafen, damit einverstanden. Wunschziel abgehakt.

Ihr nächstes Ziel würde allerdings viel Geduld und Ausdauer erfordern.

Ritter Cederik! Wie es schien, hielt er sie für viel zu jung! Von wegen, zumindest wurde sie demnächst neunzehn! Unter der Knappenkleidung hatte sie ihre weiblichen Formen verborgen, aber nun ...

Zuerst musste dringend eine passende Rüstung her. Und so ein Schwert wie ihr Vater eines geschenkt bekam und auch ein Rapier.Zusätzlich benötigte sie Kampfunterricht. Immerhin konnte sie ab jetzt offen vorgehen, brauchte sich nicht mehr zu verstecken. Ein großer Vorteil!

Jungfer Elsbeth wirkte äußerst zufrieden!

*

Selbst das längste Turnier geht einmal zu Ende.

Auch wenn man ihn überall einlud, viele Damen ihm eindeutige Angebote unterbreiteten, welche er stets freundlich aber bestimmt ablehnte, begann er sich zu langweilen.

Vier Tage nach dem Kampf gegen den ›Schwarzen Ritter‹ brachen sie endlich zur Residenz des Herzogs auf. Diese lag rund sechs Stunden zu Pferde vom Turnierort entfernt am Fuße einer Hügelkette.

Der Beschreibung nach handelte es sich um eine kleine Stadt mit einer Schlossburg, einer Mischung aus einem Schloss und einer befestigten Burg, von hohen Wehrmauern umgeben. Großräumig angelegt, sodass Stallungen, Gesindehäuser, Werkstätten für Schmiede und Schreiner innerhalb der Mauern Platz fanden. Raum für die fürstlichen Pferdeställe, einen Hühnerstall sowie den Hundezwinger waren gleichfalls vorhanden. Hinter den Gebäuden strömte ein Flüsschen, von den nahen Bergen kommend, vorbei. Ein flacher Hügel, höchstens hundert Mannlängen hoch, lag in nicht allzuweiter Entfernung von der Burg entfernt.

Zwei Holzbrücken führten nördlich und südlich der Schlossburg zu den Übungsarealen für Ritter und Knappen, wie auch zu den Koppeln für Tiere, wie Schafe, Esel und Rinder.

Plötzlich fiel ihm ein, dass er den Namen des Herzogs bisher nicht kannte.

Auf Nachfragen erfuhr er ihn: Herzog Lynhardt von Schönburg. Währen er inmitten der Gruppe dem Wohnsitz seiner Durchlaucht entgegen ritt, unterhielt er sich laufend mit anderen Reitern und Edelleuten. Dabei sammelte er unauffällig so viele Informationen, wie es ging, jedoch stets darauf achtend, den Damen aus dem Weg zu gehen.

Langsam lichtete sich der Wald. Einzelne Hütten und Scheunen, zwischen Feldern und Äckern stehend, zeigten, dass sie sich einer Ansiedlung näherten. Ein Hirte ließ seine Schafe grasen, Kühe weideten auf saftigen Wiesen, Hunde kläfften. In unmittelbarer Nähe pflügte ein Bauer, tiefe Furchen hinterlassend.

Die graue Linie am Horizont löste sich auf und erwies sich imNäherkommen als die Stadt, namens Alven an der Schlossburg.

»Sagt an, Junker Leonhart, weiß Er wie viele Bewohner Alven aufweist?«

Der links von ihm reitende Edelmann musste leider passen. Ein Knappe neben ihm meinte:

»Soweit ich hörte, Sir Cederik, sind es über zweitausend!«

Er bedankte sich höflich für die Auskunft. Eindeutig die größte Ansiedlung, die er bisher gesehen hatte. Schweigend ritt er weiter.

*

Alle Wetter!

Die Schlossburg erwies sich als geradezu riesig!

Und erst die Fläche des von den Wehrmauern umgebenen Burghofes. Nicht zu vergessen die außerhalb der Mauern liegenden Wirtschaftsgebäude. Wirklich beeindruckend.

Kaum dass sie das weit geöffnete Burgtor durchritten, kam zögernd ein junger Mann heran.

»Sir Cederik?«

Anscheinend war der sich ob seiner Person nicht sicher. Er nickte dem Mann freundlich bejahend zu.

»Ich heiße Georig. Der Herzog schickte gestern einen Boten und bestimmte mich zu ihrem Knappen. Bitte folgen Sie mir.«

Tat er doch gerne. Georig führte ihn zur Seite, wo bereits zwei Knechte und eine Magd sie erwarteten.

»Bitte steigen Sie ab. Die Knechte versorgen ihr Pferd und bringen ihr Gepäck nach. Die Magd geleitet Sie zu ihren Räumen im Südflügel. Ruhen Sie sich erst einmal aus. Zum Abendessen, in rund vier Stunden, hole ich Sie ab. Haben Sie noch einen Wunsch, Sir Cederik?«

»Ja! Kann ich vor dem Essen noch ein Bad nehmen? Ich fürchte, ich fing mir einen Floh ein!«

Georig lachte.

»Selbstverständlich können Sie zuerst baden. Die Zofe im Haus gibt ihnen frische Wäsche und sorgt dafür, dass ihre bisherige Kleidung gereinigt wird. Wir kennen das Problem. Ganz sicher sind Sie nicht der Einzige, welcher Flöhe bekam. Die Unterkunftszelte ...!«

Das hatte er, nachdem der Herzog ihn in sein Zelt mit aufnahm, befürchtet.

Wie auch immer, jetzt war erst einmal Baden, Ausruhen und Essen angesagt. Und anschließend ab ins Bett und lange schlafen. In dem Zelt des Herzogs war er kaum zu Ruhe gekommen. Dauernd kam oder ging einer, ging auf die Toilette oder schnarchte gottserbärmlich. Und der Gestank erst ...

Hinzu kamen noch Kakerlaken und blutsaugende Stechmücken, die Flöhe nicht zu vergessen.

*

Überlegend stand er, Georig neben sich, vor der Schmiede. Betreten oder nicht? Nach einer ruhigen Nacht und einem ausgezeichneten Frühstück, wollte er sich zuallererst um ein Schwert und ein Rapier kümmern.

Kurzentschlossen trat er ein.

Freundlich begrüßte ihn der Schmied, wobei ein paar Gesellen neugierig zusahen.

»Guten Morgen Schmied, ich benötige ein neues Schwert und möchte es gerne mit Ihnen zusammen anfertigen. Zudem ein Rapier, ein ›stechendes‹ Schwert. Geht das?«

Fragend sah er sein Gegenüber an. Dieser zögerte einen Moment, nickte dann aber zustimmend.

»Bitte zeigen Sie mir ihre Metallvorräte.«

Ein kleiner Nebenraum mit hölzernen Regalen. Sehr schön!

»Wie heißen Sie?«

»Man nennt mich Mirko!«

Nach einer kurzen Diskussion mit dem Schmied wählte er zwei verschiedene Stähle aus.

Zurück in der Schmiede ließ er beide Stücke in eine Größe von ungefähr einer halben Hand breit, zwei Finger

28

hoch und eine Elle lang schmieden. Diese bezeichnete er anschließend als Rohlinge.

Im nächsten Schritt legte er die Eisenteile übereinander und ließ sie auf vierfache Länge schmieden.

Dadurch ergab sich aus den zwei Stählen einer, aber mit zwei Schichten. Der Schmied musste jetzt darauf achten, dass die Stücke nur in die Länge, nicht in die Breite gingen.

Es dauerte einige Zeit, bis Mirko diese Schmiedearbeit beherrschte, wobei er seinerseits, wo es ging, mithalf. Einer der Gesellen trat hinzu. Abwechselnd hämmerten sie einträchtig auf das Metall ein.

Anschließend, rotglühend, wurde das Stahlstück in der Mitte gefaltet. Und erneut auf Länge geschmiedet.

Somit ergaben sich vier Schichten. Noch einmal gefaltet und es waren jetzt acht Lagen. Der Schmied war nahezu an den Grenzen seines Könnens angekommen, weshalb er ihn besorgt fragte:

»Schaffen Sie noch eine letzte Faltung?«

Seinen Gesellen gequält ansehend und erst, als dieser zustimmend nickte, gab er eine bejahende Antwort.

Die zwei Männer fuhren wieder mit der Arbeit fort. Inzwischen verging der halbe Tag. Deshalb bat er die beiden anderen Gesellen, weitere Rohschwerter an der zweiten Esse anzufertigen. Bereitwillig begaben sich diese ans Werk.

Gerade als er sich ein altes, angerostetes Schwert ansehen wollte, bemerkte er leichte Lichtblitze vor seinen Augen. Eiligst verließ er die Schmiede, um sich gleich darauf auf der neben der Eingangstür stehen Bank nieder zu lassen, bevor ...

Allmählich wurde die unbekannte Umgebung deutlich sichtbar. Was für ein Alptraum! Ein heller Raum, ein großflächiges Bild, befand sich eine Mannlänge entfernt vor ihm, andauernd wechselnde Personen zeigend. Was für ein Spuk narrte ihn? Stimmen ... jemand rief ihn ... rief seinen Namen ... er hieß ... er hieß ... bunte, grelle Farbwirbel ... Schwärze!

Georig hielt ihn fest, sonst wäre er vermutlich von der Bank geglitten. Wieder eine dieser unerklärlichen Visionen! Verflucht sollten sie sein! Monatelang ließen sie in Ruhe. Aber jetzt, ausgerechnet in aller Öffentlichkeit. Ein solcher Anfall während eines Kampfes, dann hieß es gute Nacht! Und aus war es mit Ritter Cederik!

Sein Knappe sah ihn besorgt an.

»Sir Cederik, geht es Euch nicht gut, seid ihr krank?«

»Nein, nein, vielen Dank! Seit Stunden habe ich nichts mehr getrunken und das in der ungewohnten, mörderischen Hitze und dem ohrenbetäubenden Lärm! Nur ein kleiner Schwindelanfall! Bitte, besorge mir einen Krug mit einem kalten, leichten Bier!«

Zweifelnd schaute Georig ihn an, ehe er losrannte.

Aus der Schmiede drang ein gleichmäßiges Hämmern. Wie es schien, bemerkten die Männer nichts. Gut, je weniger Zeugen, desto besser!

Ein paar Minuten sitzenbleiben, danach weiter im Text. Just als er zurück in die Werkstatt wollte, kam Georig mit zwei Mägden im Schlepptau wieder an. Eine trug ein Tablett mit mehreren vollen Krügen, die andere brachte in einem Weidenkorb kaltes Fleisch, Schinken, Speck und Brot mit.

»Sir Cederik, die Schmiede sind sicherlich ebenfalls durstig und hungrig! Wir holen jetzt einen Tisch und noch eine Bank! Dann wird eine Essenspause eingelegt!«

Nach diesen Worten eilte Georig in die Werkstatt. Das Hämmern verklang, und freudestrahlend kamen die Männer heraus. Sie holten den zweiten Tisch und die Bank. Danach ließen sie sich zufrieden nieder. Die Krüge darauf gestellt und den Korb ausgepackt. Freudig langten alle zu. Er sorgte dafür, dass auch seinKnappe mit tafelte.

Nachdem der erste Durst gestillt war, wandte sich der Schmied an ihn:

»Sir Cederik, ich hörte bisher nie davon, dass man ein Schwert aus gefalteten Stahlsorten herstellt. Wozu dient das?«

Er lächelte.

»Durch die verschiedenen Schichten wird das Schwert einerseits überaus widerstandsfähig und anderseits bleibt es elastisch. Es bricht nicht gleich beim ersten Kampf. Ausgehärtet und wieder angelassen ist es jedem derzeit üblichen Schwert überlegen. Für heute machen wir Schluss! Morgen wird es fertig gefaltet, danach endgültig geschmiedet und geschliffen. Wir probieren es dann aus. Man kann es noch mehrmals falten, dadurch wird es noch belastbarer. Aber es gibt eine Grenze fürs Falten: Die Schichten müssen erhalten bleiben! Werden Sie zu dünn, kann es geschehen, dass sich diese gegenseitig durchdringen! Schwerter mit einer größeren Anzahl von Faltungen erfordern ein besonderes Geschick und es bedarf vieler Übungen, vom Zeitaufwand erst gar nicht zu sprechen!«

Gespannt hörten alle zu. Das Gesicht des Schmiedes wurde länger und länger. Er ahnte, was auf ihn demnächst zukam.

Die Edelleute, allen voran der Herzog, würden nach diesem Vortrag alle bessere Schwerter bekommen wollen.

»Ach, ja, das rostige Schwert, welches rechts hinter der Tür hängt, wem gehört es?«

»Niemandem, Sir Cederik, wenn Sie es möchten, können Sie es gerne haben!«

»Ja, danke! Ich werde es zu einem so genannten ›stechenden Schwert‹, einem ›Rapier‹ abschleifen.«

Er lachte, als er rundum die fragenden Gesichter bemerkte.

»Wartet es ab! Morgen seht ihr es dann und ihr versteht es auch besser, als wenn ich es jetzt nur beschreibe!«

Also übten sie sich in Geduld. Was blieb ihnen auch anderes übrig?

Der Landgraf kam mit seiner Tochter - ihre Nase war noch immer stark geschwollen, - vorbei und wollte sich dazu setzen. Ein dritter Tisch musste her. Natürlich sahen umstehende Ritter und Knappen die Versammlung und kamen neugierig angelaufen. Was wiederum weitere Tische und Bänke bedeutete.

Die ›kleine‹ Essenspause lief ein wenig aus dem Ruder und entwickelte sich zu einem spontanen Gelage, welches bis tief in die Nacht andauerte. Anfangs drehten sich die Gespräche nur um Waffen, ein Gebiet auf dem natürlich sich jeder für einen Fachmann hielt. Nach kurzer Zeit kamen jedoch immer mehr private Themen auf, zumal sich auch einige Frauen zu ihnen setzten. Wirklich, ein durchaus gelungener Abend!

*

Prüfend hielt er das gefaltete Material in der Hand.

Es war früh am Morgen, die Schmiede fachten ihre Essen an.

»Gut, Mirko! Jetzt ist dein Können als Schmiedemeister gefragt. Glaubst Du, dass es bis heute Abend schaffen wirst? Inclusive schleifen und polieren? Übrigens, wie härtest Du es aus?«

Mirko zeigte auf ein Holzfass mit Wasser:

»Das Schwert wird am frühen Nachmittag fertig sein. Die Gesellen falten nebenher weitere Rohlinge zu Rohschwertern! In Ordnung?«

»Im Prinzip ja, aber zum Aushärten brauchen wir ein schmales Gefäß mit Öl. Dieses stellen wir zur Kühlung in das Wasserfass. Vorher lagern wir das Schwert zwei Stunden über eine Glut, um das Material zu entspannen. Geht das?«

Mirko nickte und griff nach dem Eisen.

Nächstes Thema: Rapier. Kritisch untersuchte er die rostige Waffe. Zufrieden stellte er fest, dass es nur in der Oberfläche angerostet war, nirgends durchgerostet. Jetzt war Abschleifen angesagt.

Zuerst schliff er den Rost weg und dann das Rapier auf Form. Die Dicke der Schwertklinge blieb, aber es wurde wesentlich schmäler, vor allem zur Spitze hin. Nach einer Stunde legte er es zur Seite und sah ein paar Minuten Mirko beim Schmieden zu. Langsam nahm das Schwert Gestalt an. Hier wurde er nicht gebraucht.

Er nahm das Rapier auf und steckte es in die Glut einer der Essen. Nach einiger Zeit, als in einem dunklen Rot glühte, nahm er heraus, um es ins Ölfassfass zu tauchen. Ein kurzes Zischen und erzog es schnell zurück. Dies führte er jeweils im Abstand von zwanzig bis dreißig Sekunden mehrmals durch.

Auf die fragenden Mienen hin erklärte er:

»Man nennt das ›gestufte Abschreckung‹. Die Oberfläche wird kurzzeitig hart, die im Inneren des Werkstücks verbleibende Hitze bewirkt ein ›Anlassen von innen‹. Natürlich gibt es weiterhin die ›Vollhärtung‹. Allerdings braucht man zum anschließenden Anlassen eine Erfahrung, die ich nicht besitze. Wird das Schwert beim Anlassen zu heiß, verliert es seine Härte und wird erneut ›weichgeglüht‹. Dadurch man fängt wieder von vorne an!«

Der Schmied pflichtete ihm bei. Das kannte er.

Er untersuchte sein Rapier.

»Mirko, habt Ihr Polierpulver?«

Dieser nickte und winkte seinen jüngsten Mitarbeiter, eher noch ein Knabe denn ein Mann, zu sich, ihn Sir Cederik vorstellend.

»Er heißt Jobst und poliert unsere Schwerter, Geben Sie ihm ihr Rapier!«

Zusammen mit einer Münze reichte er dem Jungen die Waffe, welcher umgehend damit verschwand.

Die ungewohnte Hitze bewog ihn, sich für ein paar Minuten auf die Bank vor der Schmiede zu setzen. Der Tisch stand noch da. Gleich darauf kam Georig und brachte einen Krug mit kühlem Fruchtsaft. Ihn zu sich auf die Bank winkend, meinte er:

»Du bist kein einfacher Knappe! Gestern Nachmittag hast du die Mägde geholt und für Trinken und Essen in erheblichem Umfang gesorgt! Also, wer bist du?«

Bevor dieser antworten konnte, schleppte Jobst das Rapier an und reichte es ihm voller Stolz.

Nicht zu Unrecht, denn wie er auf den ersten Anblick erkannte, hatte der Kleine es hervorragend poliert.

»Georig, wir unterhalten uns später über dich. Jetzt zuerst, gibtes hier hölzerne Übungsschwerter?«

Mirko der Schmied hatte, seit Jobst wieder kam, zugehört.

»Einen Augenblick!«

Gleich darauf brachte er zwei Holzschwerter an.

»Kannst Du mit einem Schwert umgehen, Georig?«

Der nickte und bekam eines in die Hand gedrückt.

Er erhob sich und forderte den Knappen auf, ihn anzugreifen.

Georig schlug zu. Er fing den Schlag ab und stach gleichzeitig mit dem Rapier zu. Selbstredend nur zum Schein, um den Einsatz der bisher unbekannten Waffe zu zeigen.

Sein Knappe hielt verblüfft inne, als die Spitze des Rapiers auf seinen Hals zielte.

Natürlich stand bereits wieder eine Handvoll Zuschauer um sie herum, darunter der Landgraf.

Dieser erkannte sogleich den Vorteil eines Rapiers und wollte sofort auch eines.

»Schmied, ich besitze noch ein zum Abschleifen geeignetes Schwert! Meine Knappe bringt es dir nachher!«

Er war nicht der Einzige welcher.

Höchste Zeit einzugreifen, fand er.

»Herr Graf, bitte geduldigen Sie sich noch ein wenig. Mirko muss zuerst mein Schwert fertig schmieden. Dieses Rapier schliff ich mir selbst ab. Nachher zeige ich einem der Gesellen, wie es gemacht wird. Danach kann der weitere anfertigen.«

»Einverstanden, Sir Cederik! Mein Sohn kann es mir später bringen!« Dabei zeigte er auf Georig. »Er ist hier am Hofe des Herzogs in der Ausbildung zum Ritter. Ich sende Ihnen zwei Schwerter, dann bekommt er auch gleich ein Rapier.«

Georig lächelte: »Danke, Vater!«

Und tiefernst an Sir Cederik gerichtet:

»Zudem noch vielen Dank, dass Sie Dorothea nicht töteten! Niemand von uns ahnte etwas von ihrem Doppelleben als ›Schwarzer Ritter‹. Früher oder später hätte sie einen Kampf, und ich eine Schwester, verloren!«

Grinsend fuhr er fort:

»Seitdem Sie ihr einen Nasenstüber versetzten, ist sie wesentlich zahmer geworden!«

*

Eines musste man Mirco lassen.

Das Schwert sah hervorragend aus!

Eine Hohlkehle auf beiden Seiten, wunderbar geschliffen und in Öl gehärtet.

Der Schmied hatte noch mehrere Griffe mit Parierstangen vorrätig.

Den Erl in einen Griff gesteckt und es ging los.

»Georig, bitte versuche, die Klinge zu biegen! Sie darf nicht brechen und wenn sie losgelassen wird, darf sie auch keine bleibende Verformung aufweisen!«

Der Knappe strengte sich an. Dennoch gelang es ihm nicht, das Schwert zu zerbrechen. Kräftige Männer boten sich an, doch nicht einer vermochte die Klinge zu beschädigen. Stets federte sie zurück.

Sie versuchten es anschließend mit mehreren normalen Schwertern. Eines brach und der Rest blieb leicht verbogen. Dies bedeutete nachschmieden!

Mirko seufzte. Klar war, dass er die von den Gesellen gefalteten Rohschwerter umgehend zu Schwertern verarbeiten musste. Die Edelleute und Ritter würden Schlange stehen.

Da er rechtzeitig mit dem Herzog ausgemacht hatte, dass Mirko die Waffen nur gegen Geld abgab, dürfte sich die Begehrlichkeiten in Grenzen halten. Trotzdem ...

Auch das Umschleifen in ein Rapier gestaltete sich für die meisten Kunden nicht mehr kostenlos.

Zufrieden verließ er die Schmiede. Sein Schwert und sein Rapier nahm er zum Bedauern einiger an sich. Er wollte nicht mehr ›nackt‹ herumlaufen. Vorher zeigte er noch einem der Gesellen, wie ein Rapier geschliffen wird.

Ab sofort hatte er sicherlich längere Zeit seine Ruhe. Fein! Und jetzt erst einmal eine Kleinigkeit essen!

*

In der Schmiede herrschte Hochbetrieb. Mirko konnte sich nicht mehr retten vor Aufträgen und wirkte ganz verzweifelt.

Da er hier nur im Weg stand, verzog er sich in Richtung Stadt zu einem Bummel.

Gemütlich schlenderte er durch Alven.

Der Weg bis zum Marktplatz betrug höchstens vierhundert Längen. Ein einladend aussehender Gasthof mit Tischen und Bänken vor dem Haus, zog ihn magisch an.

Zufrieden aufseufzend ließ er sich nieder.

»Guten Tag! Was darf es sein?«

Eine Frau, altersmäßig Mitte der Vierzig, sprach ihn freundlich an.

»Bitte einen Krug mit einem kühlen Bier! Danke!«

Eine Minute später stand das Getränk vor ihm. Durstig nahm einen langen Zug. Wirklich, ein süffiges Gebräu.

Für heute Nachmittag war Unterricht angesagt. Thema: waffenlose Selbstverteidigung. Einmal die rein sportliche Version, zum andern ein paar für den Angreifer durchaus schmerzhafte Aktionen.

Nanu, gegenüber, befand sich da nicht ebenfalls eine Schmiedewerkstatt?

Bedächtig trank er seinen Krug leer, bezahlte und erhob sich. Quer über den Platz lief er direkt zur Schmiede. Sich dabei gründlich umsehend, trat er ein. In der Esse brannte nur ein winziges Feuer.

»Guten Tag Schmied. Wie es scheint, habt Ihr nicht allzu viele Arbeit?«

Zögernd gab dieser zu:

»Für mich gibt es zur Zeit kaum noch eine Beschäftigung. Ab und zu wird ein Schwert gekauft, ansonsten nur kleine Teile wie Lanzenspitzen und Hufeisen.«

Betrübt sah der Mann vor sich hin.

Wenn er die zum Verkauf ausgestellten Waffen betrachtete, standen diese, was die Ausführung anbetraf, denen von Mirko in nichts nach.

»Komme bitte mit mir! Wie heißt Du?«

»Laurentz!«

»Mich nennt man Sir Cederik. Schließe deinen Laden und folge mir!«

Gemeinsam schritten sie nebeneinander zur Schlossburg. Im Vorhof angekommen ging er geradewegs zur dortigen Schmiede.

»Laurentz,« er deutete auf die Bank, »setz Dich bitteschön!« Dieser ließ sich zögernd nieder. Sieh an, Georig war auch da.

Schöner Zufall, denn genau den brauchte er.

»Hole bitte Mirko und nimm bei uns Platz. Für das Gespräch nachher hätte ich gerne einen neutralen Zeugen!«

Mirko kam herbei und schaute beim Anblick von Laurentz verdutzt drein, setzte sich aber brav.

»Mirko! Deine Gehilfen stellen täglich mehrere Rohschwerter her, weitaus mehr, als Du fertig schmieden kannst! Und es werden viele weitere Schwerter benötigt. Um die Nachfrage auch nur einigermaßen befriedigen zu können, schlage ich Folgendes vor: Laurentz lernt heute, wie man die Rohlinge zu Rohschwertern faltet. Ab Morgen teilt ihr diese gleichmäßig unter euch auf und schmiedet sie zu Schwertern, einschließlich Polieren. Vorher zeigt Mirko noch die ›gestufte Abschreckung‹ in Öl. Ich verlange, dass alle Waffen eine einheitliche Qualität aufweisen. Selbstverständlich müssen sie nicht gleich aussehen, zum Beispiel, was die Anzahl der Hohlkehlen angeht. Statt einer großen, gehen auch zwei oder drei kleine. Ornamente oder Initialen sind ebenfalls gestattet, dürfen aber nicht zu tief ausfallen! Alles klar!?«

Alle nickten.

»Georig! Sei so lieb und berichte seiner Durchlaucht, Herzog Lynhardt von Schönburg, von dieser Vereinbarung. Und sprich bitte mit ihm auch über die Entlohnung von Laurentz, danke!«

Er erhob sich.

»Ich will euch nicht länger von der Arbeit abhalten. Arbeitet problemlos zusammen und ...«

Eine gelassene, durchaus angenehm klingende Stimme unterbrach ihn.

»Ritter Cederik! Hiermit fordere ich Sie zu einem Kampf auf Leben und Tod heraus!«

*

Was für ein Idiot, lautete sein erster Gedanke. Sein zweiter: Wie kriege ich weitere Blödmänner dazu, mit den unsinnigen Forderungen aufzuhören?

Langsam dreht er sich um.

Drei Pferdelängen hinter ihm, saß hoch zu Ross ein Mann - oder war es wiederum eine Frau? - mit geschlossenem Visier.

»Sagt an, weshalb zeigt ihr nicht euer Antlitz? Nie wieder werde ich mit jemanden kämpfen, der sich feige hinter dem Visier versteckt! Seid bitte so freundlich, euer Pferd in den Stall bringen zu lassen? Es stinkt! Die Knappen helfen Ihnen sicherlich gerne, es zu reinigen und auch zu füttern und zu tränken! Es wäre nett, wenn Sie erst danach erneut herkämen!«

Der Ritter gab ein gurgelndes Geräusch von sich.

Unauffällig, dennoch scharf, beobachtete er seinen Kontrahenten, jederzeit auf einen Angriff gefasst.

Georig entschärfte die angespannte Situation. Bevor der völlig verblüffte Reiter begriff, nahm er dessen Pferd am Zügel und führte es in Richtung Stall.

An eine der herumstehenden, staunend zusehenden Mägde:

»Holt bitte für den Ritter einen Trunk und ein Mahl her. Er dürfte durstig und hungrig sein. So wie er voller Staub ist, liegt einlanger Ritt hinter ihm!«

Danach wandte er sich den Schmieden zu: »Wie gesagt, brav zusammen arbeiten und nicht gegeneinander. Verstanden?«

Beide nickten einträchtig. Mirko zeigte sich über die Entlastung durchaus froh. Die Schmiede erhoben sich und gingen zurück in die Werkstatt.

Da es nichts mehr zu sehen gab, zerstreuten sich die Neugierigen.

Müde schloss er die Augen.

»Sir Cederik?«

Georig stand vor ihm, neben ihm der fremde Ritter. Er schaute auf und wies auf das Essen am Tisch und meinte:

»Bitte, setzen Sie sich und stärken Sie sich erst einmal. Sprechen können wir anschließend.«

Ohne Rüstung sah der Mann ganz annehmbar aus. Er trank, ohne zu schlürfen, und schmatzte auch nicht. Weshalb wollte der sich mit ihm auf Leben und Tod duellieren?

Geduldig sah er zu.

Georig verschwand kurz in der Schmiede und überprüfte auf die Schnelle, ob Mirko und seine Gesellen alle Informationen vollständig an Laurentz weiter gaben. Gleich darauf kam er wiederzurück.

»Gestatten Sie, dass ich mich vorstelle: Ich heiße Auberlin und bin ein fahrender Ritter. Woher ich komme, tut nichts zur Sache.«

»Angenehm, ich bin hier als Sir Cederik bekannt!« Grinsend fügte er nach einigen Sekunden hinzu: »Woher ich komme, tut nichts zur Sache.«

Danach, tief ernst:

»Sagt an, Ritter Auberlin, warum Ihr diese Forderung ausgesprochen habt!«

»Nun, Sir Cederik, es gibt genau dreißig schwerwiegende Gründe!«

Fragend sah er den Mann an. Was meinte der mit dreißig Gründen?

Der schwieg einen Moment, wie es schien, sammelte er seine Gedanken.

»Wie Sie sicherlich selbst längst erkannten, sind wir fahrenden Ritter eine im Niedergang begriffene Gattung. Nur wenn man der erste Sohn eines begüterten Adligen ist, ›begütert‹ im reinen Wortsinn, das heißt, man besitzt Güter wie Haus, Hof und Land, dann kann man gut leben. Aber die meisten von uns besitzen nichts außer ihrem Namen, ihren Waffen, ihrem Mut und ihrem Stolz. Nehmen wir einfach meinen Fall!«

Ritter Auberlin legte eine kurze Pause ein.

»Ziellos reite ich durch die Lande, verdinge mich vorübergehend für Geld als Begleiter bei einem Kaufmannszug als Wache gegen eventuelle Räuber. Ansonsten begnüge ich mich mit einem kargen Antrittsgeld bei einem Turnier. Gibt es mehrere Disziplinen, kann man durchaus mit einem, allerdings nicht besonders üppigen Preisgeld rechnen. Natürlich nur, wenn man gewinnt. Das Bürgertum, wie beispielsweise Kaufleute und Händler, gelangen immer mehr zu Wohlstand. Manch einer von uns heiratet daher eine Tochter aus gutsituiertem Haus. Der Schwiegervater gibt mächtig an: Mein Schwiegersohn, der Ritter von ...! Auch für das Tochterlein fällt oft ein Titel ab. Warum auch nicht? Danach kommen die Handwerker. Je nach Können und Geschick ist deren Einkommen nach einiger Zeit gesichert. Vor allem in größeren Städten.«

Nachdenklich, den Blick in weite Fernen gerichtet:

»Wozu braucht man heutzutage noch Ritter? Meist leben wir bettelarm! Ordentliches Essen in einem Gasthof? Ein weiches Bett? Unerschwinglich. Wenn wir nicht für eine kurze Zeit als Gast auf Burg oder einem Schloss unterkommen, nächtigen wir im Freien und hungern! Und dann, plötzlich, völlig unerwartet, erhält man eine Chance!«

Jetzt sah er Sir Cederik voll an.

»Sie weisen einen, wie es aussieht, mächtigen Feind auf! Er gab mir einen Beutel mit dreißig Goldmünzen! Unter der Bedingung, dass ich ihn von Ihnen befreie. Für mich bedeutet das dreißig schwerwiegende Gründe! Wenn ich sie besiege, habe ich für mehrere Monate ausgesorgt. Im anderen Fall bin ich ebenfalls alle Sorgen los! Kein Darben im Alter, keine Probleme im Fall einer Krankheit. So oder so, ich kann dabei nur gewinnen!«

Schau mal einer an! Wem war er auf die Füße getreten?

Georig hatte den größten Teil von Ritter Auberlins Ausführungen mitbekommen.

»Der Mann, der Ihnen das Geld und den Auftrag gab, sahen Sie ihn? Würden Sie ihn wiedererkennen?«

Dieser schüttelte verneinend den Kopf.

»Eine kleine, schäbige Kneipe. Der Wirt bat mich in ein Nebenzimmer. Dort war es dunkel! Eine winzige Kerze auf einem Tisch und dahinter, kaum auszumachen, eine schattenhafte Gestalt mit verhülltem Gesicht. Für einen kurzen Augenblick bemerkte ich, als er mir den Beutel mit den Münzen reichte, eine Hand mit in einem Lederhandschuh. Er trug einen auffälligen Siegelring. Den würde ich mit Sicherheit wieder erkennen!«

»Bitte beschreiben Sie den Ring.«

Nachdem Ritter Auberlin endete, nickte Georig gedankenvoll. Schau an, dieser schien den Ring zu kennen.

Doch zurück zum Wesentlichen.

»Sie forderten mich heraus, somit bestimme ich die Kampfart und die Waffen. In einer Stunde in der Kampfarena neben der Burg! Nur Schwert und Schild, keine Rüstung! Mann gegen Mann, freier Kampfstil! Wer aufgibt, bleibt am Leben. Wenn nicht, bezahlt er mit diesem! Einverstanden?«

Zögernd stimmte Ritter Auberlin zu.

»Wenn ich gewinne, Sir Cederik, verlange ich, dass sie sofort Alven und das Burgschloss verlassen!«

Er nickte.

»Geht in Ordnung. Bleiben Sie in Ruhe hier sitzen und erholen sich noch ein wenig. Für mich ist es Zeit, wieder nach den Schmieden zu sehen! Bis später!«

Er erhob sich und betrat die Werkstatt. Nur um festzustellen, dass alles in bestens lief.

»Mirko, gibt es in Alven einen Tischler?«

»Aber ja, keine zwei Minuten von hier entfernt. Jobst! Bitte zeige Sir Cederik den Weg!«

Dieser kam umgehend herbei und gemeinsam liefen sie in die Stadt.

*

Wie erwartet!

Alle, die üblichen Nichtstuer lungerten erwartungsvoll um den Kampfplatz herum. Dankbar für die Abwechslung, welche ihnen anschließend weiteren Gesprächsstoff bot.

Unauffällig, Ritter Auberlin musste austreten, veranlasste er, dass Georig die Biegsamkeit dessen Schwertes prüfte. Ergebnis: sprödes Standardschwert.

Gelassen betrat er die Arena, die Waffe in der Rechten, den Schild links haltend.

Georig gab das Zeichen zur Kampffreigabe. Vorsichtig kam sein Gegner näher, blitzschnell zuschlagend. Mühelos, ohne seinerseits anzugreifen, blockte er den Schlag mit seinem Schild ab. Immer wieder griff Ritter Auberlin an, indessen er, im Kreis rückwärts ausweichend, ihn auf sein Schild einschlagen ließ, dabei stets auf Deckung achtend.

Langsam ermüdete sein Kontrahent. Und wurde unachtsam! Unverhofft schlug er mit Schildkante gegen dessen angreifendes Schwert. Wie von ihm erwartet, brach dieses.

Den Bruchteil einer Sekunde später, saß seine eigene Schwertspitze an Ritter Auberlins Kehle.

Der gab auf. Langweilig!

»Georig, bitte hole eines der neuen Schwerter! Mal sehen, ob Ritter Auberlin mit diesem besser zurechtkommt! Wir unterbrechen für einen Moment!«

Er lehnte sich bequem an die Umzäunung und wartete still ab. Nach ein paar Minuten kam Georig mit einem neuen Schwert an und reichte es seinem Gegenüber. Der prüfte kurz dessen Flexibilität. Überrascht hielt der inne. Ein zweiter, mit wesentlich mehr Kraft ausgeführter Versuch ließ in staunen.

»Unsere neuartigen Waffen! Sie brechen kaum noch! Wie ist es, können wir weitermachen?«

Ritter Auberlin nickte, was blieb ihm anderes übrig?

Und wieder hämmert der auf sein Schild ein, derweilen er langsam dazu überging, mit seinem Schwert zu parieren. Als er die Lust verlor, warf er sein Schild weg und griff an.

Sein Kontrahent war gut. Er selbst war besser, vor allem schneller. Ein Satz seitlich nach rechts und mit der Breitseite seiner Waffe auf dessen Oberarm gezielt. Für einen Moment gelähmt, ließ Ritter Auberlin sein Schwert los.

Der Rest wie gehabt. Mit der Schwertspitze an der Kehle gab der auf.

»Schluss jetzt! Sagt an Ritter Auberlin, beherrscht Ihr das Lesen und Schreiben?«

Dieser, enttäuscht ob der Niederlage, nickt nur stumm.

Er wandte sich an Georig, leise mit ihm flüsternd. Auch wenn alle umstehenden lange Ohren bekamen, so vernahmen sie doch nichts.

Georig trat zu dem Ritter.

»Bitte folgen Sie mir! Vielleicht ist es möglich, Ihnen ein zufriedenstellendes Angebot zu unterbreiten!«

Das dem Manne geliehene Schwert mit sich nehmend, verschwand er in Richtung Schmiede.

Danach schien ein kleiner Imbiss angesagt. Der Vorgang hatte seinen Appetit angeregt.

*

Wie gewohnt saß er in der Nähe von Herzog Lynhardt von Schönburg an der abendlichen Tafel. Hauptthema war natürlich der heutige Kampf. Als sie fragten, warum er anfangs derart zögerte, lächelte er leicht.

»Ganz einfach! Ritter Auberlin besaß ein normales Schwert. Mein Schild besteht aus mehreren, überaus stabilen Schichten. So kann jeder Gegner lange darauf herumhämmern, ohne dass es Schaden nimmt. Als er müde wurde, hielt er sein Schwert schräg, sodass ich es an der Breitseite mit dem Schild attackieren konnte. Erwartungsgemäß brach seine Waffe. Mit dem gefalteten Schwert aus unserer Schmiede zeigte sich dessen Qualität in einem realen Kampf. Mehr wollte ich nicht!«

Unverhofft wurde er von rechts angesprochen. Landgraf Theoderich! Wo kam der denn her? Hatte sich wohl leise angeschlichen, während er sprach.

»Das freut mich zu hören, Sir Cederik! Übrigens, Sie schulden mir zwei Schwerter und zwei Rapiere! Für meine Tochter und mich! Vorhin trat ein ganz bestimmter Ritter in meine Dienste. Er hatte es satt, im Winter des Öfteren hungern und frieren zu müssen. Da er lesen und schreiben kann, ist er mir hochwillkommen. Noch mehr freut sich Dorothea! Sie besitzt neuerdings einen eigenen Kampflehrer und Übungspartner! Später, in unserem Ritterorden für Damen, kann er sich ebenfalls nützlich machen. Womit vielen geholfen ist!«

Seine neben ihm sitzende Tochter lachte laut über sein dummes Gesicht.

»Mein Bruder wird auch mit ihm trainieren. Natürlich schulden Sie uns jetzt zusätzlich zwei weitere Schwerter! Für meinen Bruder und für Ritter Auberlin! Und obendrein ja nicht die dazugehörigen Rapiere vergessen!«

Zum Glück bestand begründete Aussicht, dass die Schmiede demnächst in größerer Anzahl lieferten. Zumal zwei Gesellen von Laurentz hinzukamen. Bisher waren diese mangels Aufträgen nach Hause geschickt worden und hatten sich ihrer Landwirtschaft gewidmet.

Jetzt waren sie hell begeistert! Endlich wieder Arbeit, darüber hinaus etwas Neues und Anspruchsvolles. Um zuerst einmal alles zu lernen, arbeiteten sie vorläufig in Mirkos Schmiede mit, wodurch es dort vorübergehend ein wenig eng wurde.

»Wenn ich es richtig einschätze, erhalten Sie spätestens übermorgen vier Schwerter und Rapiere. Einverstanden, Herr Graf?«

Ehe dieser ihm antworten konnte, ergriff der Herzog das Wort:

»Nach Ihnen, Graf Theoderich, ist meine Tochter Elsbeth an der Reihe. Seit dem ersten Schwert aus unserer Schmiede gibt sie keine Ruhe mehr! Anschließend kommen die Wachen dran! Danach müssen alle weiteren

Waffen bezahlt werden! Die Handwerker arbeiten für niemanden umsonst. Zudem brauchen wir Nachschub an Eisen und Stahl. Auch das gibt es nicht kostenlos! Die Versorgung muss gesichert sein. Das soll der zuständige Gildemeister ausführen!«

Ihm konnte es recht sein. Für morgen plante er, in unauffälliger Kleidung, die Stadt zu besichtigen.

Mal sehen, was Alven zu bieten hatte. Vor allem an Gasthäusern.

Später den Fluss weiter aufwärts reiten, ohne Begleiter bitteschön, und eine Runde schwimmen! Wenn es denn eine ausreichend tiefe Stelle gab. Erfahrungsgemäß floss das Wasser derzeit, im Hochsommer, verhältnismäßig langsam, sodass durch angeschwemmtes Holz sich irgendwo ein natürlicher Damm mit angenehmer Wassertemperatur gebildet hatte. Mal sehen.

Zuschauer waren eher nicht zu erwarten. Kaum jemand konnte schwimmen, war es zudem noch mit der Entblößung des Körpers verbunden. Wasser galt zur Zeit als gefährliches Element. Es gab allerlei Gruselgeschichten von mörderischen Seeungeheuern und Dämonen, die unter der Wasseroberfläche lauerten. Als ob ihn das interessierte. Nicht die Bohne!

Die Badestuben in den Städten, so wie hier in Alven, entsprachen indessen nicht seinem Geschmack. Frauen und Männer badeten nackt in derselben Wanne. Von sauberem Wasser konnte keine Rede sein. Was in manchen Fällen durchaus erwünscht war, sah doch dadurch niemand, was unter der Brühe so geschah. Igitt, wie unappetitlich!

*

Zu kalt, wie er sogleich feststellte. Umgehend zog er sich wieder an und begab sich zurück auf den Weg zur Schlossburg.

Ob es in der Umgebung natürliche Seen gab? Zuerst musste er Georig fragen, der kannte sich sicherlich am besten aus.

Feurige Blitze ... nasskalte, graue Nebelschwaden ...

Sofort bog er vom Weg ab, konnte kaum noch die Zügel über einen Busch werfen ...

Schwärze, Kälte, ein Licht, immer heller leuchtend.

... saß vor dem Leitstand des Maschinenraumes. Jemand sprach ihn von der Seite her an ...

...vermochte sich nicht zu bewegen ... bunte Farben, in immer kleineren Kreisen herumwirbelnd ...

Er wusste wieder, wer er war! Er war ...

Er hieß ... hieß ... Dunkelheit ...

Allmählich kam er zu sich. Zum Glück erwies sich der Boden, auf dem er lag, als trocken. Sein Pferd wartete geduldig neben ihm, kaum fünf Schritte entfernt.

Sehr schlimm! Wenn ihn ein Feind in dem Zustand angetroffen hätte. Keine Ahnung, wie lange der dauerte.

Elende Sauerei!

Wenn er nur wüsste, was diese Anfälle bedeuteten. Er erinnerte sich ...

In seltsame Kleidung gewandet stand er von einem Moment zum anderen mitten in einem unbekannten Wald. In einer Montur wie in seinen Träumen. Kam er aus der Welt seiner Visionen? Fiel er aus ihr heraus? Musste er wieder zurück? Zurück? Wohin?

Vor im tauchte Alven und die Schlossburg auf.

Zuerst einmal in die Stadt zum Tischler und anschließend, sofern es denn einen gab, zum Seiler.

*

Vor einigen Tagen sah er, wie sich die Stallknechte beim Hochhieven der Strohbündel auf den Heuboden schwertaten.

Dieser drechselte ihm wunschgemäß vier Räder mit einer außen herum verlaufenden Hohlkehle. Währenddessen besuchte er den ortsansässigen Seiler, welcher ihm versprach, ein über dreißig Schritt langes Hanfseil anzufertigen. Dicke gut einen Daumen betragend.

Danach wiederum zum Tischler. Eine hölzerne Achse und ein Holzrahmen, in dessen Mitte die Radachse mit zwei Rädern quer verlief. Dann sollte Laurentz, der Schmied hinzukommen.

Was ihn bewog, den Tischler in der Stadt aufzusuchen.

Bei der ersten Belastung würde der hölzerne Rahmen brechen. Also ließ er diesen mit einem geschlossenen Metallrahmen außen herum versehen. Zusätzlich wurde oben dran ein kräftiger Eisenhaken angebracht.

Das Ganze zweimal. Weder der Tischler noch der Schmied konnten sich den Zweck der Sache erklären.

Natürlich fragten sie ihn danach, aber er vertröstete sie wie gewohnt auf später.

Immerhin, nach drei Tagen war alles zu seiner Zufriedenheit fertig. In dieser Zeit verbrachte er die Tage in der Stadt bei den Handwerkern. Abends fand er sich stets in der Schlossburg ein. Gemeinsam nahm er mit dem Herzog und dessen Gästen das Abendessen ein, übernachtete dort und nach dem Frühstück lief er sofort wieder zu den Werkstätten.

Als Letztes montierte der Tischler einen widerstandsfähigen Balken, versehen mit einem Metallhaken über der Einlassöffnung zum Heuboden, welcher eine halbe Mannlänge weit ins Freie ragte. Danach holte er die zwei Metallrahmen mit den Rollen und dem Seil ab und brachte es zu den Stallungen. Ein Ende des Seiles befestigte er am Balken, eines der beiden bisher unbekannten Gebilde am Haken. Das obere angebundene Seil führte er um das erste Rad am Boden, darauffolgend um das erste Rad oben. Anschließend um das zweite Rad unten und um das zweite Rad oben. Langsam zog er am Seilende. Die untere Vorrichtung hob sich, an vier Seilen hängend. Das Seil, das er in Händen hielt, schlang er um den nächstbesten Pfosten im Stall.

Jetzt, vor der Schmiede, auf der Bank, bequem zurückgelehnt, einen Krug mit einem kühlen Bier vor sich stehend, sah er zufrieden zu den Stallungen hinüber.

Wenn sie erst erkannten, wie ein Flaschenzug arbeitete, benötigte man demnächst sicherlich weitere, bei jeder Anfertigung stetig verbessert.

Ein langer Zug aus dem Krug. Ah, das tat gut!

Mindestens zehn Personen sahen aufmerksam zu.

An die Knechte gerichtet, welche bisher die ver-
schnürtenschweren Heuballen hochhievten:

»Stellt bitte einen der Ballen darunter und hängt ihn
an dem Haken hier unten ein!«

Gesagt, getan.

Danach löste er das Seil wieder vom Pfosten und
drückte es dem Mann in die Hand.

»Ziehen!«

Sofort schwebte das Heu nach oben. Maßlos verblüfft
nahm der Mann zur Kenntnis, wie wenig Kraft er auf-
wenden musste. Sein Helfer zog oben das Bündel zur
Dachluke herein, dabei wurde das Seil geringfügig nachgelassen. Den Ballen ausgehakt und sogleich kamen die
Rollen mit dem Haken wieder herunter. Den zweiten
Ballen angehängt ...

Plötzlich stritten sich alle darum, auch einmal ziehen zu
dürfen.Unauffällig zog er sich zurück.

»Auf meinem Gutshof könnte ich so etwas ebenfalls
gebrauchen!«

Erschrocken drehte er sich um. In den letzten Minuten
vergaß er seine Umgebung völlig. Landgraf Theoderich
mal wieder!

»Wo liegt denn ihr Hof, Herr Graf? Da Sie oft hier
anwesend sind, nehme ich an, dass dieser in der Nähe ist,
oder?«

Der Landgraf lachte.

»Keinesfalls! Allerdings wohne ich zeitweise für einige
Tage hier. Derzeit mit meinem Sohn. Meine Frau und
meine Töchter sind zuhause, neuerdings unter dem
Schutz von Ritter Auberlin. Mein Gutshof liegt zu Pferd

bei Schrittgeschwindigkeit acht Stunden westlich von hier. Es wäre mir eine große Freude, wenn Sie mich besuchen würden!«

»Es ist mir eine außerordentliche Ehre, Herr Graf, sie aufsuchen zu dürfen!«

»Nicht so förmlich, Sir Cederik! Demnächst veranstaltet unser Herzog die alljährliche Treibjagd. Danach reise ich nach Hause. Am besten wäre es, Sie kämen gleich mit!«

»Einverstanden! Ich ...«

Er brach ab, denn seine Durchlaucht, kam heran. Mit Gefolge. Woraufhin Knechte mit Tischen und Bänken sowie Mägde mit Essen und Getränken herbeieilten. Vorbei war es mit einem gemütlichen Schwätzchen.

Und natürlich kam zuerst die Frage, woher er den Flaschenzug kannte.

»Im Osten, dort wo ich herkomme, ist dieses Prinzip allgemein bekannt. Je nach Größe der Last kann man die Anzahl der Rollen ändern. Im einfachsten Fall sind es insgesamt nur zwei, bei extrem schweren Lasten sechs bis acht. Allerdings muss man die Haken, den Tragbalken und so weiter, ebenfalls für die jeweilige Belastung anpassen und ebenso wie die Rahmen, in denen die Rollen laufen. Genauso wie die Radachsen und der Raddurchmesser. In einem späteren Schritt, derzeit haben wir zu wenig Schmiede, werden Räder, Achsen und Rahmen völlig aus Metall sein.« Er wandte sichdem Grafen zu.

»Da fällt mir die Frage ein, beschäftigen sie auf ihrem Hof Handwerker, welche uns helfen könnten?«

Graf Theoderich bejahte.

Ein lautstarkes, schadenfrohes Gelächter verhinderte eine Antwort.

Der Strohballen am Haken war anscheinend nicht fest genug gebündelt. Die Umschnürung riss und das Stroh verteilte sich am Boden.

»Guten Tag Ritter Cederik!«

Sieh an, Jungfer Elsbeth, die Tochter des Herzogs. Sie hatte sich zu ihm gesetzt und strahlte, ihn fröhlich an, dabei tiefe Einblicke gewährend. Ihm wurde heiß bei diesem Anblick. Sofort wandte er sich ab. Soweit er vernommen hatte, bewarben sich mehrere der ›Jungen Herren‹ wie auch so mancher Edelmann um ihre Hand. Wobei die hübsche Elsbeth lediglich als Mittel zum Zweck diente, der Schwiegersohn des Herzogs zu werden. Um dann später dessen Erbe und Nachfolger zu werden. Verständlich!

Sich mit der Tochter des Herzogs einzulassen, wäre ihm daher sicherlich übel bekommen. Erstens würde seine Durchlaucht auf einer standesgemäßen Verbindung bestehen, zweitens gab es garantiert politische Gründe, diesen oder jenen Bewerber zu bevorzugen.

Wie auch immer, als außenstehender Fremder hätte er zudem im Nu alle Konkurrenten gegen sich! Zumal bisher ihm noch nicht bekannt war, wer viel Geld ausgab, um ihn von hier wegzubringen. Am liebsten tot!

»Ritter Cederik!« Wohlwollend sprach ihn der Herzog an.

»Ab sofort sind Sie gegenüber allen Handwerkern und Dienstboten voll weisungsberechtigt. Gilt auch für die Knappen und Junker! Sie haben sicherlich noch weitere

Vorschläge und erhalten deshalb jegliche Unterstützung!«
Und an den Kastellan gerichtet:

»Verkündige Er das nachher öffentlich!«

Zufrieden aß der Herzog, indessen ihm das gar nicht recht war.

Andererseits, er hatte wirklich Größeres vor. Mal sehen.

*

Mit Georig ritt er am frühen Morgen los. Für sein nächstes Vorhaben musste sichergestellt ein, dass Bretter und Balken in erheblichem Umfang beschaffbar waren. Unterhalb der Stadt stand eine wasserbetrieben Sägemühle. Die wollte er sich genauer ansehen. Wichtig war ihm vor allem die Brettlänge. Davon würde der Aufwand und somit auch die Kosten abhängen.

Keine zwanzig Minuten später langten sie an. Das Klopfgeräusch hörten sie bereits von weitem.

Im Näherkommen erkannte er große Stapel von trockenen Holzbrettern, mit Stäbchen auseinander- gehalten und gegen Regen mit kleinen Schutzdächern versehen. Fein, sehr fein.

Der Vorrat zeigte, dass er, was die Bretter anbelangte, sehr schnell sein Projekt starten konnte.

Vor der Klopfsäge stiegen sie von ihren Pferden, vom Säger bereits erwartet. Einer der Knechte hatte die beiden Reiter von weitem gesehen und benachrichtigte seinen Chef, welcher sie vor der Sägemühle empfing und sich dabei tief verbeugte.

»Hohe Herren, womit kann ich dienen?«

Wie es aussah, kannte er Georig. Dieser stellte nun ihn vor:

»Sir Cederik, Ritter im Dienste seiner Durchlaucht! Wir möchten gerne einen kurzen Blick in eure Sägemühle werfen, wenn Sie gestatten?«

»Selbstverständlich edle Herren. Wenn Sie mir bitte folgen wollen?«

Das Sägewerk war in vollem Betrieb.

Jetzt staunte er wirklich! Die bisher gesehenen Sägegatter enthielten meist nur ein oder zwei Sägeblätter. Dies hier war ein Vollgatter! Mit sieben Sägeblättern. Das Wasserrad schien äußerst kräftig sein. Vollgatter ergaben aber gleichzeitig mehrere Bretter mit gleichmäßiger Dicke. Hervorragend.

Er war zufrieden und brachte dies dem Besitzer der Sägerei gegenüber auch deutlich zum Ausdruck, was dieser hocherfreut zur Kenntnis nahm.

Das Wasserrad ...

Sie bauten einen rund dreißig Längen betragenden Damm in den Fluss hinein. Zwei Reihen Faschinen, dazwischen Steine. Am oberen Ende, eine halbe Mannlänge über dem Wasserspiegel, waren die Faschinen miteinander verbunden. Eine hervorragende Konstruktion!

Sie bedankten sich für die Vorführung.

»Wenn Sie uns bitte noch sagen, ob diese Bretter hier alle vorbestellt oder bereits verkauft sind?«

»Leider nein, edler Herr. Die Zeiten sind schlecht. Wir arbeiten auf Vorrat, sodass wir bei Bedarf umgehend liefern können.«

»Vielen Dank, möglicherweise ändert sich das bald.
Auf Wiedersehen!«

*

Jetzt ging es ans Eingemachte!

Mit Georig an seiner Seite stand er hoch zu Ross auf
dem Hügel.

Beim Stöbern in der Schlossbibliothek, na ja, es handelte sich dabei nur um einen Raum mit ein paar Schrift-
stücken, fand er eine Karte der Umgebung.

Die jetzige Sichtprüfung ergab, dass, wie dort eingetra-
gen, ein kräftiger Bach hinter der Erhebung floss, um am
Hügelende, einen weiten Bogen schlagend, in den Fluss
zu münden.

»Georig, führt dieser Bach ganzjährig Wasser?«

»Soweit ich weiß, ja. Er wird aus mehreren Quellen
gespeist. Warum fragen Sie?«

Einen Moment überlegte er, dann entschied er sich,
Georig zumindest teilweise, in seine Überlegungen einzu-
weihen.

»Wie wird die Schlossburg mit Wasser versorgt?«

»Oh, ganz einfach! Eine Magd oder ein Knecht holen
andauernd mit Holzkübeln frisches Wasser aus dem
Fluss. Im Schloss befinden sich zwei Zisternen und im
Bereich der Ställe eine dritte!«

»Nun, Georig, soweit ich beobachtete, ist das Wasser-
holen eine arge Schinderei. Je nachdem, wie es geschöpft
wird, oder nach Regenfällen im Oberlauf des Flusses,

enthält es starke Verunreinigungen. Eure Zisternen bestehen größtenteils aus einer üblen Schlammbrühe! Von dem durchdringenden Fäulnisgeruch will ich erst gar nicht sprechen. Meine Überlegung in Kurzform: Der Hügel, auf dem wir stehen, besteht überwiegend aus Löss. Direkt unter uns legen wir einen leicht abfallenden Bergwerksstollen - einen Fachmann aus dem Bergbau werden wir sicherlich finden - quer durch den Hügel an. Der Bach vor uns wird gestaut. Mit dem einen Teil des Stollenaushubs füllen wir die Fläche unter dem zukünftigen See. Anders gesagt, wir heben teilweise den Talboden an. Der langsam entstehende See wird nicht tief sein und somit die Belastung des Damms verhältnismäßig gering ausfallen. Mit dem Rest des Erdaushubs, soweit er reicht, bauen wir einen stabilen Damm in Richtung der Schlossburg an. Darauf führen wir dann das Wasser bis zur Oberkante der nördlichen Mauer. Ab dem Ende des Dammes, die Erde wird nicht weit reichen, leiten wir über eine hölzerne Konstruktion das Wasser an die Burg heran. Wir werden zudem der Stadt Alven vom Frischwasser anbieten. Wenn wir das Wasser in dem See aus einer mehrere Längen betragenden Tiefe entnehmen, besitzt es eine hervorragende Qualität. Die Fließgeschwindigkeit in einem langgestreckten See ist nicht groß, sodass sich mitgeführte Sedimente auch nach einem Unwetter rasch absetzen. Was schwimmt, Blätter und so, wird einfach über den Staudamm gespült. Zuerst errichten wir an der Nordmauer einen vorläufigen Holzturm, von dem aus wir den Hügel anpeilen. Damit verhindern wir, dass wir den Stollen zu tief oder zu hoch anlegen!

Am Ende des Stollens ergibt sich die Höhe, welche wir für die Dammhöhe brauchen! «

Zufrieden schwieg er.

Georig sah völlig entgeistert drein. Die Probleme einer durchgehend sauberen Trinkwasserversorgung kannte er natürlich. Doch niemand machte sich Gedanken darüber, wie diese verbessert werden konnte. Es war halt schon immer so!

Aber jetzt ...

Einen Hügel mit einem Stollen durchbrechen, dahinter einen See aufstauen, eine Wasserführung bauen, ...

Welch eine außergewöhnliche Vorstellungskraft besaß Ritter Cederik, um auf derartige Gedanken zu kommen?

»Über das Thema Fäkaliengräben für eure Aborte und Ställe mit andauernder Frischwasserzufuhr unterhalten wir uns zu einem späteren Zeitpunkt. In den nächsten Tagen werde ich ein paar Zeichnungen anfertigen und die Sache dem Herzog vortragen. Vorher muss ich allerdings noch etwas Dringenderes erledigen!«

Zufrieden wendete er sein Pferd.

»Georig, der Wirt am Rathausplatz in Alven, zapft heute ein frisches Bier. Er wollte um diese Zeit auch noch ein Spanferkel an den Spieß stecken! Komm mit, Du bist herzlich eingeladen!«

*

Pergament zu beschaffen erwies sich leichter als gedacht.

Eine der Zofen der Herzogin lief ihm über den Weg. Auf seine Frage erklärte sie ihm, dass der Herzog einen Schreiber angestellt hatte.

»Kommen Sie, ich führe Sie zu ihm!«

Ein langer Gang mit vielen Türen. An der letzten Tür, bevor der Gang nach rechts abbog, klopfte sie an.

»Herein!«

Die Zofe öffnete und ließ ihn eintreten. Anschließend schloss sie die Tür leise hinter ihm.

Erfreut nahm er die Größe des Eckzimmers zur Kenntnis. Und den niedlichen Erker mit einer umlaufenden Sitzbank und einem der Erkerform angepassten Tisch.

Offene Regale an den Wänden, zwei Schreibpulte und Stühle. Aus einem erhob sich völlig überrascht ein Mann mittleren Alters, in fragend ansehend.

»Guten Tag, was kann ich für Sie tun?«

»Gestatten Sie, dass ich mich vorstelle? Mein Name lautet Sir Cederik. Ich bin auf der Suche nach ein paar Blatt Pergament, um einige Zeichnungen anzufertigen. Darf ich fragen, wie Sie heißen?«

»Man nennt mich Schreiber Bartelmes. Selbstverständlich führe ich einen Vorrat an Pergamenten. Bitte, sehen Sie!«

Der Mann wies auf einen Stapel in einem der Regale hin.

»Bedienen Sie sich!«

»Vielen Dank, Schreiber Bartelmes, dort, das zweite Schreibpult scheint unbenutzt zu sein. Kann ich dies für ein paar Stunden belegen?«

»Gerne, als Tinte kann ich Ihnen Rußtinte, Dornentinte und Eisengallustinte anbieten. Wir haben auch mehrere Rinderhörnchen! Außerdem auch Zeichenkohle, Ruß mit verdünntem Leim angerührt, in eine runde Form gepresst und getrocknet. Schmiert aber ziemlich!«

Rinderhörnchen? Ach ja, er erinnerte sich. Die Hörnchen setzte man in die Löcher am Schreibpult.

Wenn er sich die Kohlestifte anspitzte, und nur leicht aufdrückte, schien es für seine Zwecke ausreichend. Mal sehen.

Er bedankte sich bei Schreiber Bartelmes und verließ den Raum.Zeit, wieder nach den Schmieden zu schauen.

*

Die Skizzen waren schnell gezeichnet, sodass er Georig in die Schreibstube bat und ihm, in Anwesenheit des Schreibers, laut sprechend, alles erklärte. Da er Bartelmes Neugier bemerkte, bezog er diesen ebenfalls in das Gespräch mit ein. Einträchtig an einem Tisch inmitten der Stube sitzend, gingen sie lebhaft diskutierend Skizze um Skizze durch. Bartelmes zeigte sich begeistert, leuchteten ihm die Gründe für eine Verbesserung der Wasserqualität sofort ein. Die Andeutungen über eine Änderung der hygienischen Zustände auf dem Burgschloss und dem Burghof nahmen sie gleichfalls interessiert auf.

Natürlich verbreitete der Schreiber, unter dem Siegel der Vertraulichkeit, Sir Cederiks Pläne.

Wie von ihm erwartet, erfuhr auch seine Durchlaucht, der Herzog, davon.

Er lud ihn, Georig und Bartelmes zu sich in die fürstlichen Gemächer ein. Zwei Berater, die hatten allerdings
nicht viel zu sagen, kamen hinzu. Auf seinen Wunsch hin
holte der Herzog auch Landgraf Theoderich mit in die
Runde.

Bier- und Weinkrüge auf dem Tisch sorgten dafür, dass
die Kehlen vom vielen Diskutieren nicht allzu sehr aus-
trocknenden.

Die Vorrichtung, welche man für die Wasserentnahme
brauchte?

Schnell erklärt!

Die hölzernen Kännel, auch Suone genannt? Dank der
Sägemühle und deren Vorrat an Brettern ebenfalls mach-
bar.

Wer gräbt den Stollen? Vorübergehend wurde es
schwierig, bis er auf die vielen arbeitssuchenden Tagelöhner in der Stadt und Umgebung hinwies. Laut Georig gab es zwei Tagesreisen entfernt einen kleinen Ort,
wo man in Bergwerken Erze förderte. Für die Berg-
werksbetreiber stellten Grabungen im weichen Löss
sicherlich kein Problem dar. Einfach ein oder zwei Fachleute kurzzeitig am herzoglichen Hof anstellen, um die
Arbeiter anzuleiten. Die Vermessung sollte ein Markscheider, ein speziell im Bergbau tätiger Vermessungs-
fachmann, übernehmen. Somit war auch dieses Hinder-
nis ausgeräumt.

Nachdem alle Fragen beantwortet waren, sammelte
Schreiber Bartelmes die Pergamente ein und brachte sie
in die Schreibstube. Er kam gleich wieder zurück. Weitere Knappen und Ritter schlossen sich an und es ent-

wickelte sich eine gesellige Runde. Dabei kam das Gespräch auf die demnächst stattfindende Treibjagd.

Landgraf Theoderich wandte sich harmlos fragend an den Herzog.

»Sagt an Herr Herzog, wo befindet sich eigentlich Ritter Burkhart? Ich sah ihn seit längerem nicht mehr. Er hielt doch um die Hand von Jungfer Elsbeth an und war meist in Eurer Nähe, Durchlaucht.«

»Nun, Graf, ich weiß es selbst nicht! Seit dem Tag, an dem Ritter Auberlin hierher kam, ist er verschwunden!«

Der Herzog rief einen Diener herbei.

»Weiß Er, wo sich Ritter Burkhart befindet?«

»Eure Durchlaucht! Seine Räume stehen leer, alle persönlichen Gegenstände und auch sonst noch so einige Sachen fehlen. Wir gingen davon aus, dass er von Eurer Durchlaucht auf eine Reise geschickt wurde!«

»Eure Durchlaucht!« Georig meldete sich zu Wort. »Sie werden Ritter Burkhart niemals wiedersehen! Als ich ihn neulich aufsuchte, packte er gerade alles ein und fluchte, dass er auf einen unfähigen, feigen Ritter viel Geld gesetzt hätte! Dabei war er selbst der Feigling! Statt sich offen Sir Cederik zu stellen, beauftragte er jemand anderen, diesen zu töten oder zu vertreiben. Aber sein Siegelring verriet ihn! Jungfer Elsbeth hat jetzt einen Bewerber um ihre Hand weniger!«

Betroffen nahmen die Anwesenden Georigs Aussage zu Kenntnis.

Graf Theoderich glättete die aufkommenden Wogen.

»Ich hielt nie viel von Ritter Burkhart. Er war ein Blender! Lasst uns die Sache vergessen und trinken wir auf das Wohl seiner Durchlaucht!«

*

Durstig trank er aus dem Zinnkrug mit dem kühlen Wein.

Er, Ritter Cederik, wie er sich nannte, war mit sich und der Welt zufrieden. Abgesehen von den bizarren, anfallartigen Visionen. Die seltsamen Bilder in seinem Kopf, hatten deutlich nachgelassen. Was er durchaus als erfreulich empfand.

Das Anpeilen des zukünftigen Stolleneingangs und dessen Markierung war im Handumdrehen erledigt.

Die Hügelflanke stieg nur langsam an und und fiel genauso flachwieder ins nächste Tal ab.

Damit war es ein Leichtes einen breiten Weg, befahrbar für Ochsengespanne, anzulegen. An der Stelle, an der der Stollen beginnen sollte, legten sie eine ausreichend weite Kehre an.

Einerseits zum Wenden und andererseits zum weiter den Hügel hochzufahren, um in das Tal mit dem See zu gelangen, ohne stundenlang die Anhöhe umfahren zu müssen.

Wenige Tage später erreicht der Weg den höchsten Punkt. Ein einfacher Unterstand mit einem Tisch und zwei Bänken ergaben ausreichend Plätze für die ›Bauleitung‹! Seither erkor er tagsüber den Ort hier oben zu seinem Lieblingsplatz.

Auch der Stollen machte hervorragende Fortschritte. Noch zwei Wochen, wenn es weiterhin so gut lief wie bisher, und sie brachen nach oben durch.

Ununterbrochen kamen die Ochsengespanne mit Holz für eine einfache Stollenverschalung an.

Ein Blick in das Tal mit dem vorgesehenen See zeigte, dass die aus dem Hügel entnommene Erde einen bereits deutlich sichtbaren Damm ergab. Dahinter bildete sich langsam ein flacher Teich.

Ein Überlauf, aus überbreiten Känneln, welcher mit dem Damm höher wuchs, sorgte dafür, dass dieser nicht gleich wieder weggespült wurde.

Alles in allem: äußerst zufrieden stellend.

Erste Kännel kamen an und er erklärte genau, wie er sich die Wasserentnahme, ein bis zwei Mannlängen unter dem Wasserspiegel, vorstellte. Aber zuvor musste der Stollen fertig sein.

*

Allmählich stank es zum Himmel!

Die Besucher der ›Bauleitung‹ erleichterten sich rundum, wo es ihnen gerade gefiel.

Also nahm er sich einen Spaten und hob, rund zwanzig Mannlängen entfernt, in Richtung des Burgschlosses, einen eine Elle breiten und ebenso tiefen Graben aus.

Der herbeigerufene Schreiner deckte den Anfang mit ein paar Brettern ab und errichtete darauf einen Sitz mit einem großen Loch in der Mitte. Und fertig war die Latrine!

So flach die Bergflanken waren, so steil stieg der Hügel in Richtung Talende an.

Fünf- oder sechshundert Längen, von der ›Bauleitung‹ entfernt, mehrer Längen höher liegend, entsprang eine kleine Quelle, zu der Stadt hin abfließend. Zwei Holzstäbe unterhalb der Quelle zu beiden Seiten des winzigen Baches in den Boden gerammt und das querliegende Brett staute das Wasser geringfügig auf.

Mit einer Hacke zog er einen klitzekleinen Graben, höchsten eine Hand breit und genauso tief, in Richtung der Latrine. Stets darauf achtend, diesen so flach wie möglich an der Bergflanke entlang zu führen. Zwei Stunden später besaß der Abtritt eine stetige Wasserspülung.

Was sich umgehend deutlich geruchsmindernd auswirkte.

Einige Pflöcke in den Boden gerammt, mit Weidenästen verflochten, ergaben einen ausreichenden Sichtschutz. Was seine Besucher gerne annahmen.

Georig indessen staunte mal wieder. Er war nichts anderes gewohnt, als dass man höchstens hinter einen Baum oder einen Busch ging. Aber deswegen extra eine Latrine einrichten, darauf musste man erst einmal kommen!

*

Schau an, Landgraf Theoderich kam angeritten, diesmal mit Tochter Dorothea und Ritter Auberlin im Schlepptau.

Da er sich immer mehr zurückzog und auf rein technische Auskünfte beschränkte, übernahmen der Graf und sein Sohn Georig stillschweigend die Bauleitung. Was ihm nur recht war. Sie kannten jeden Meister, jeden Arbeiter mit Namen, und schlichteten hin und wieder kleinere Auseinandersetzungen, dank ihrer Autorität, durchaus erfolgreich.

Höflich stand er auf, begrüßte sie mit Handschlag und schenkte aus einem dickbauchigen Krug kühlen Wein ein.

Der Küfer des Städtchens hatte ihm eine flache, oben offene Holzkiste angefertigt. Diese grub er weit oberhalb des stillen Örtchens in den Boden ein und leitete den winzigen Wasserlauf darüber, bevor der in die Latrine abfloss. In dem ab jetzt andauernd mit frischem Wasser gefüllten Kistchen ließ sich sowohl der Weinkrug als auch Krüge mit Bier oder Fruchtsäften wunderbar kühl halten. Dachte er.

Dabei vergaß er die hirnlosen Dorftrottel, die kurz darauf ihre Pferde, Maultiere, Ochsen und Esel schlicht und einfach dort tränkten. Und rundherum alles mit ihrem stinkenden Kot versauten.

Wutentbrannt beauftragte er einen Mann, den winzigen Wassergraben zu erweitern. Zuerst legte er eine Umgehung seines Kistchens an. Er wollte nicht, dass das durch die Grabung zwangsläufig entstehende Schmutzwasser dieses füllte.

Dann, in deutlicher Entfernung, ließ er eine zweite, wesentlich größere Kiste eingraben, die durch die verbesserte Wasserzufuhr ebenfalls stetig gefüllt wurde und ab sofort als Tränke diente. Rundherum ließ er Pflöcke zum

Anbinden der Tiere eingeschlagen. Und wehe jedem, der seine Viecher noch frei herumlaufen ließ!

Immerhin hatten es jetzt alle begriffen.

Die Besucher nahmen Platz und tranken von dem ausgezeichneten Wein.

Ritter Auberlin erhob sich gleich wieder, um kurz darauf mit einem gefüllten Weidenkorb zurück zukommen.

Eine wirklich gelungene Überraschung! Brot, Speck, Käse, halt alles, was man zu einer zünftigen Brotzeit benötigte.

Herrlich!

Graf Theoderich sprach ihn lächelnd an.

»Dank ihrer Bemühungen mussten wir die geplante Treibjagd ein wenig verschieben!«

Ratlos sah er den Grafen an. Wieso verschoben sie die Jagt wegen ihm?

Alle lachten ob seines Gesichtsausdruckes.

»Überlegen Sie doch einmal, Ritter Cederik! Was braucht man dazu? Zwei Dinge: Jäger und Treiber!«

Er verstand nichts. Dorothea stand auf und wies auf die am Stollen und am Damm beschäftigten Arbeiter, welche die Stützen für die Kännel aufbauten, das Material transportierten oder sonst wie mit dem Projekt Wasserleitung voll ausgelastet waren.

»Dort unten sind fast alle unsere Treiber eingesetzt! Es gibt keine mehr für eine Treibjagd!«

Autsch! Darauf wäre er nie im Leben gekommen. Was nun?

»Vergessen Sie es!«

Der Graf kam auf den Grund seines Besuches zu sprechen.

»Sie sind überarbeitet und erkennen es selbst nicht! Ein paar Reitstunden von hier entfernt ergießt sich ein kleiner Wasserfall in einen See, welcher zum Schwimmen geeignet ist. Dorothea führt Sie morgen dort hin. Ein Packpferd mit Proviant und weichen Decken bekommen Sie mit! Seit Wochen hatten Sie keinen geruhsamen Tag! Morgen ist Erholung angesagt!«

Für einen Moment war er wie vor den Kopf geschlagen. Aber nach kurzem Überlegen stimmte er zu.

»Vielen Dank, Herr Graf! Ihr Angebot nehme ich gerne an! Aber Jungfer Dorothea ...!«

Der Graf unterbrach ihn.

»Alles in Ordnung! Themawechsel! Mein Sohn erzählte mir, dass Sie sich recht angelegentlich nach unseren Jagdwaffen erkundigten. Fragten Sie aus einen bestimmten Grund?«

*

Eine Zofe, selbst noch recht müde, weckte ihn im ersten Morgengrauen. Eine Waschschüssel mit kaltem Wasser, Seife, Tücher und eine scharfe Rasierklinge. Mehr gab es nicht. Jetzt abwechselnd warm und kalt duschen ...

Dusche?! Woher kannte er diesen Begriff? Aus seinen Alpträumen? Verflixt noch mal! Und wieder stellte er sich die Frage: Wer war er, woher kam er? Von einem Moment zum anderen in einem unbekannten Wald aufgetaucht. Und vorher?

Grübeln würde ihn nicht weiter bringen, also ging er zu den praktischen Dingen des Lebens über. Frühstücken zum Beispiel. Im Frühstücksraum saß bereits Georig. Er schien nur auf ihn gewartet zu haben und legte gleich los:

»Meine Schwester ist stinksauer! Die hatte was vor! Sie wollte nicht ohne Grund mit Ihnen allein sein! Von wegen! Seine Durchlaucht, der Herzog, ordnete an, dass ein paar Ritter und Junker mitreiten, sowie Knappen und Zofen. Selbstverständlich werden auch einige der adligen Damen des Hofes mitkommen. Zusammen mit Knechten und Mägden und weiteren Bediensteten. Es wird ein gemütlicher Landausflug. Dazu kommen Decken und Kissen zum Ausruhen, halt alles, was so tagsüber benötigt wird.«

Georig freute sich diebisch, wohingegen er verblüfft da saß.

Danach allerdings fiel ihm ein Stein vom Herzen. Er seinerseits traute Dorothea ebenfalls nicht über den Weg! So konnte nichts geschehen, das er später bereuen musste!

*

Als er erwachte, stand die Sonne bereits eine Handbreit hoch am Himmel.

Der Landausflug gestern? Nicht nur kulinarisch ein voller Erfolg. Er lernte viele nette Personen kennen, denen er bisher nicht begegnete. Sein bisheriger Bekanntenkreis, Schmiede, Schreiner und Handwerker hauptsächlich, hielt ihn vom sogenannten ›höfischen‹ Leben ziemlich fern. Das Projekt ›Wasserleitung‹ nahm ihn voll in Anspruch. Ab sofort ließ er es gelassener angehen!

Unter diesen Gedanken ritt er zur Bauhütte hoch und hielt verblüfft inne.

Daher der ›Landausflug‹! Sie wollten ihn einen Tag lang weghaben!

Der einfache Unterstand war jetzt doppelt so breit, mit Querbalken stabilisiert und drei Wänden versehen! Diese waren mit Weidengeflecht ausgekleidet, die Rück- und eine Seitenwand zusätzlich mit Lehm abgedichtet. Das Dach, weit vorgezogen, war mit Schilf und einer darunter aufgetragenen Lehmschicht verkleidet, welches dem Regen leicht widerstehen konnte.

Er verharrte sprachlos vor dem Unterstand! Eines erfasste er klar, dies war Georigs Werk! Im wind- und regengeschützten Bereich standen Truhen mit Geschirr und Essen! Einfach toll! Er freute sich.

Eine kleine Stärkung und danach ritt er weiter, über den Hügel hinweg zum langsam entstehenden Damm. Auf der dem Stollen gegenüberliegenden Talseite wuchs der Überlauf mit dem Damm in die Höhe,

Sinnend stand er davor. Da der gesamte Bach an dieser Stelle abfloss, ergab sich ein guter Eindruck bezüglich der Wassermenge. Womit ihm bewusst wurde, dass die von den Känneln entnommene Menge kaum ins Gewicht fiel.

Nun, das ließ sich ändern!

*

Erwartungsvoll sahen ihn alle am Tisch sitzenden an.

Georig, die beiden Schmiedemeister, der Leiter der Sägemühle, ein Schreiner, ein Drechsler sowie mehrere Gesellen und auch Graf Theoderich.

Auf dem Tisch lagen zwei Bretter und zwei konische Holzzapfen.

»Ab sofort werden die Kännel dreimal so breit wie bisher angefertigt. Eisen ist teuer, Nägel dadurch ebenfalls. Deshalb nageln wir nicht mehr! Mirko stellte einen Bohrer her, mit dem gleichmäßige Löcher entstehen. Der Grund für die Änderungen ist, dass ich auf dem Landausflug mehrfach angesprochen wurde. Alle wollen viel Wasser! Vor allem die Stadt interessiert sich für Frischwasser. Der von uns angezapfte Bach liefert ausreichend. Nachteilig ist, dass unser Damm zur Schlossburg wesentlich tragfähiger ausfallen muss, auch dass die Stützen der Kännel stabiler gebaut sein müssen! Noch Fragen?«

»Bis wann wird der Durchbruch fertig sein?«

»Der Markscheider hat sehr gut gearbeitet. Da wir uns nur durch Erde und Löss gruben, fällt es leicht, den bisherigen Stollen abzustützen. Bei gleichbleibendem Terrain, sind wir in einer Woche soweit! Der Talgrund ist weitgehend aufgefüllt, die genaue Dammhöhe ergibt sich nach dem Stollendurchbruch. Wenn alles so weitergeht wie bisher, sind wir in schätzungsweise vierzehn Tagen fertig, das heißt, nur was das Frischwasser bis zur Schlossburg auf Höhe der Mauerkrone anbetrifft. Die Wassermenge, welche wir benötigen, ist verhältnismäßig gering. Den überwiegenden Teil kann sich dann die Stadt Alven nehmen. Wie sie diese Aufgabe lösen, ist deren

Problem! In der Burg und dahinter, direkt unter den Aborterkern, legen wir Fäkaliengräben an, in die wir ebenfalls ein wenig Frischwasser einleiten. Genauso wie bei unserer Latrine hier oben. Die Ausscheidungen spülen wir über zwei Klärgruben, wie die arbeiten erkläre ich später, in den Fluss. Über die Wasserverteilung innerhalb der Burg sollen sich die Bewohner selbst Gedanken machen. Wozu gibt es den Burgvogt samt Gehilfen?«

Zufrieden, eine tiefen Zug aus dem Weinkrug nehmend, beendete er die Ansprache.

Alle am Tisch folgten durstig seinem Beispiel.

*

Ein paar kleine Gelage hier, einige Trainingskämpfe mit den ›Jungen Herren‹ da, weite Ausritte in die Umgebung. Zudem fand er, dass es an der Zeit war, den Gutshof des Landgrafen Theoderich zu besuchen.

Kurz nach der Mittagszeit erblickte er das Gebäude.

Alle Achtung! Was für ein wunderbares Schlösschen! Zweigeschossig, heller Sandstein, Ecktürmchen, ein beeindruckendes Eingangsportal mit einer flachen Freitreppe, ein Ort, zum sich wohlzufühlen!

Frei in einem gepflegten Park stehend. Die Ställe und Gesindehäuser waren, nach beiden Seiten, weit abgesetzt errichtet.

Langsam näherreitend, genoss er den lieblichen Anblick.

Vor der Treppe hielt er an und prang vom Pferd. Das Portal öffnete sich. Sieh an, die Prinzessin höchstpersönlich.

Ein herbeigeeilter Halbwüchsiger nahm ihm die Zügel ab, derweil er bei der Ansicht von Jungfer Dorothea Schluckbeschwerden bekam.

Die Haare kunstvoll geflochten, ein leichtes Sommerkleid mit kurzen Ärmelchen tragend und ein tiefer Ausschnitt ...

Keinerlei Ähnlichkeit mehr mit der kriegerischen Amazone aufweisend, welche auf dem Landausflug mit ritt. Jetzt zeigte sie sich als eine bildhübsche Dame! Ein stolzer Schwan, kein hässliches Entchen mehr.

Lächelnd reicht sie ihm die Hand. Verwirrt sah sie einen kurzen Moment bei dem kaum angedeuteten Handkuss drein.

»Willkommen, Sir Cederik! Wir freuen uns sehr über ihren Besuch!«

Seite an Seite schritten sie hoch zum inzwischen weit geöffneten Portal. Zwei Dienstmädchen knicksten vor ihnen, was ihm nicht so gefiel. Standesunterschiede? Von vorne bis hinten bedient werden? Nicht sein Fall!

Sie betraten eine hohe Empfangshalle von der weitere Treppen links und rechts nach oben führten. Geschmackvoll, ohne Prunk und Protz eingerichtet. Kein Vergleich zu den pompösen Hallen und Sälen in der Schlossburg des Herzogs. So richtig anheimelnd!

Graf Theoderich kam ihnen entgegen, ihm freudig die Hand reichend.

»Willkommen!«

Und zog ihn in mit sich zu einem Speisezimmer, wo man siebereits erwartete.

»Darf ich vorstellen: Meine Frau, Gräfin Hildegund, meine jüngeren Töchter, die Prinzessinnen Helena und Edeltraut!«

Artig verbeugte er sich vor jeder der Damen.

»Bitte keine Förmlichkeiten, Sir Cederik!«

Leise lächelnd fügte der Graf hinzu:

»Ich gehe inzwischen davon aus, dass Ihr niemals der einfache Ritter seid, für den Ihr euch ausgebt! Euer allgemeines Verhalten, eure dialektfreie Hochsprache und die überragenden Kenntnisse, nicht zu vergessen eure Kampfkraft! Sohn eines Königs oder eines Fürsten? Wer weiß?«

Der Graf wandte sich ab und wies auf die gedeckte Tafel:

»Aber bitte, lasst uns jetzt essen! Bleibt mein Gast, so lange Ihr wollt!«

Eines musste er dem Grafen lassen, das wie es aussah liebevoll gekochte und zusammen gestellte Mahl übertraf die Küche des Herzogs bei weitem. Ob die Damen des Hauses selbst kochten?

Während des Mahls sprachen sie über mehr allgemeine Dinge. Wobei sich die Gräfin vor allem für die geplante Wasserversorgung der Schlossburg interessierte und die anstrengende Versorgung hier im Gutshof beklagte.

Arglos fragte er:

»Weht hier öfters ein kräftiger Wind oder ist es überwiegend windstill?«

Der Graf horchte auf.

»Es ist oft erheblich windig! Warum fragen Sie?«

Hätte er doch nur geschwiegen!

»Wenn er zum zeitweisen Betrieb eines Windrades ausreicht, kann dieses zum Füllen eines Wasserbehälters unter dem Dach eingesetzt werden. Eine einfache Hubkolbenpumpe fördert ausreichend Wasser!«

Totenstille! Alle sahen ihn wie ein Gespenst an. Der Graf fasste sich zuerst wieder.

»Wie, wie geht das? Können Sie ...?«

»Mein Vorschlag, Herr Graf: Nachher gehen wir zu ihren Handwerkern und zerlegen das Thema in zwei Teile. Erstens die Pumpe. Diese ist innerhalb eines Tages herzustellen, zumindest ein vorläufiges Funktionsmodell. Später überlegen sich ihre Leute, wie und mit welchen Materialien und Mitteln eine größere Ausführung hergestellt werden kann. Zweitens skizziere ich ein Windrad und ihre Arbeitskräfte müssen sagen, wie lange sie brauchen, um ein kleines Muster aufzubauen. Mit einem einfachen Holzgittermast wird das mehrere Tage dauern. Das Windrad wird drehbar gelagert sein, damit es sich selbstständig am Wind ausrichten kann. In einem weiteren Schritt muss es eine Schutzvorrichtung gegen zu kräftigen Wind erhalten. Alles in allem rund drei Wochen!«

Seufzend fügte er hinzu:

»Wenn das Grundmodell der Pumpe fertig ist, bleibe ich noch ein oder zwei Tage hier, um den Bau des Windrades in die Wege zu leiten. Danach werde ich eine Zeitlang zwischen dem Burgschloss und ihrem Gutshof hin und her reiten müssen. Die Wasserversorgung der herzoglichen Residenz bedarf nach wie vor ebenfalls meiner Hilfe! Zum Glück führt ihr Sohn dort die Aufsicht.«

Landgraf Theoderich hielt es nicht mehr aus und drängelte zum Aufbruch.

Eilig nahm er noch einen großzügigen Schluck des vorzüglichen Weines und folgte dem Grafen.

Dorothea sah ihnen frustriert hinterher.

*

Geschafft, endlich geschafft!

Auf dem Hügel stehend betrachtete er den gestauten See. Randvoll und mit einem Überlauf, in dem der Bach zu Tal schäumte. Unter ihm, der Stollen.

Er drehte sich um und beobachtete zufrieden, wie eine, wenn auch geringe Menge Wasser die Kännel hinab lief.

Nur so viel, dass die Schlossburg ausreichend versorgt wurde, was auch die Fäkaliengräben anbetraf.

Wie von ihm erwartet, konnten sich die Einwohner Alvens nicht über die Wasserverteilung einigen. Sie stritten sich heillos, denn jeder meldete andere Wünsche an. Was bedeutete, dass die Kännel in Richtung Stadt bisher nicht entstanden. Nicht seine Sache.

Er setzte sich in den Unterstand, um über die letzten Wochen nachzudenken. See, Stollen und Kännel, alles funktionierte wie geplant.

Die Bewohner des Burgschlosses, zuallererst seine Durchlaucht der Herzog, waren hellauf begeistert. Klares Frischwasser in unbegrenzter Menge sowie eine deutliche Verringerung des bisherigen Gestankes. Sehr schön ...

Kurz vor dem Fluss mündeten die Abwassergräben in zwei flachen Gruben, von ihm Klärgruben genannt. Die Qualität des ›geklärten‹ Abwassers sprach für sich selbst. Georig staunte mal wieder fassungslos.

Die Wasserpumpe auf dem Gutshof? Nach einem Tag betriebsbereit und vorläufig mit einem Pumpenschwengel ausgestattet, wodurch das aufwändige und mühsame Hochtragen der Wasserkübel entfiel.

Das Windrad gestaltete sich deutlich schwieriger. Die Drehbewegung des Rades, mit einer aus zwei Zahnrädern bestehenden Untersetzung verlangsamt - man taten sich die Schmiede schwer damit! - wurde mit einer mit einem Schlitz versehen Steuerungsscheibe in eine auf- und abgehende Bewegung umgesetzt. Bei Windstille oder wenig Wind lag die Stange für die Pumpe in der Mitte der Achse des Windrades, durch eine Feder dorthin gezogen. Erst bei kräftiger werdendem Wind, das heißt, bei höherer Drehzahl, bewegte sich die Stange immer mehr nach außenund die Pumpe begann zu arbeiten. Vorläufig füllte sie einen unter dem Dach stehender Bottich.

Sehr zur Freude von Gräfin Hildegunde.

Und wieder einmal zeigte sich Georig aufs Höchste erstaunt. Wobei ihm sofort klar war, dass die Gehöfte der Edelleute rundum plötzlich ebenfalls dringend einen Windradbrunnen benötigten und die Handwerker dadurch völlig überlasteten.

Als er Sir Cederik darauf ansprach, meinte dieser gelassen:

»Bildet einfach geeignete Tagelöhner zu Hilfskräften oder Gesellen aus. Regelmäßig in Lohn und Brot und alle sind zufrieden! Sorgt aber dafür, dass die Anlagen verkauft und nicht verschenkt werden! Gleichgültig ob an Bürger oder an Edelleute! Gute Arbeit ist ihren Lohn wert!«

Georig nickte verstehend.

»Sag mal, gibt es hier in der Gegend Töpfer?«

Ahnungsvoll bestätigte Georig. Wenn Sir Cederik so anfing, kam sicherlich bald darauf der nächste Hammer!

Wie auch immer, er war zufrieden. Plötzlich horchte er auf.

Hufschläge! Viele Hufschläge!

Aus war es mit seiner beschaulichen Ruhe.

$$*$$

Zu seiner Erleichterung kamen weniger Personen als befürchtet.

Der Graf mit Sohn und Tochter, Ritter Auberlin und zwei Mägden, wie es aussah mit Körben voller Essen und Getränken.

Er erhob sich und begrüßte alle per Handschlag, auch die Helferinnen .

Sogleich sprach ihn der Graf an.

»Sir Cederik, mein Sohn berichtete mir von ihrem Vorschlag bezüglich der Tagelöhner und der Bezahlung der Anlagen. Mit seiner Durchlaucht, dem Herzog besprachen wir das dann. Er ist voll einverstanden! Allerdings hat er gelächelt, als mein Sohn ihm erzählte, dass Sie nach Töpfern fragten, und meinte, dass demnächst sicherlich eine weitere Handwerkergilde entsteht. Ist es an dem?«

»Nun, ich hege da eine vage Idee und muss zuerst alle Voraussetzungen klären. Wenn es so geht, wie ich denke, können wir, sofern alle dichthalten, ein einträgliches Monopol errichten. Aber bitte, jetzt keine Fragen hierzu!«

Graf Theoderich nickte und bemerkte leutselig:

»Nachdem wieder genügend Treiber zur Verfügung stehen, werden wir in rund vierzehn Tagen die lange geplante Treibjagd veranstalten. Selbstverständlich sind Sie unser Ehrengast!«

Und mit Blick auf die Mägde, welche inzwischen den Tisch gedeckt hatten:

»Alles Weitere können wir in Ruhe beim Essen besprechen!«

*

Dame Jonatha, so hieß die schlanke Mittdreißigern, sah überrascht auf, als er ihre Töpferwerkstatt betrat.

»Gestatten Sie, dass ich Sie kurz besuche? Ich heiße Ritter Cederik und möchte mich gerne in ihrer Werkstatt umsehen!«

Sie nickte, erhob sich und führte ihn herum. Er nahm die Ausstattung zufrieden zur Kenntnis. Die für seine Zwecke benötigten Werkzeuge gab es bereits. Zwei der drei Grundmaterialien standen ebenfalls in ausreichender Menge zur Verfügung, das dritte fehlte.

»Dame Jonatha, darf ich fragen, woher Sie ihr Material bekommen?«

Sie zierte sich nicht mit der Antwort:

»Hier in Alven gibt es eine Apotheke mit einem geräumigen Lagerraum für die unterschiedlichsten Waren.«

Er reichte ihr ein paar Silbermünzen, welche sie geschickt verschwinden ließ.

»Bitte führen Sie mich dorthin, es soll ihr Schaden nicht sein!«

Einen Moment zögerte sie, um dann doch zustimmend zu nicken.

»Kommen Sie!«

*

Hervorragend! Die Frau erwies sich als begnadete Töpferin. Die Mischung im richtigen Verhältnis angerührt und danach auf der Töpferscheibe einige zarte Musterexemplar für Tassen und Tellerchen geformt. Mit einem Pinselchen Blümchen aufgemalt und in dem Brennofen der Töpferei gebrannt. Über ein kleines, verschließbares Loch, füllte er rechtzeitig eine konzentrierte Salzlauge ein!

Jetzt nur noch abkühlen lassen.

Dame Jonatha konnte das Ergebnis am nächsten Morgen kaum glauben. Die filigranen Gebilde wiesen plötzlich eine unglaubliche Festigkeit auf und waren darüber hinaus mit einer harten Glasur überzogen.

»Bitte töpfern Sie noch weitere Tassen, Krüge und Teller und zeigen Sie diese dem Herzog! Aber niemandem die Mineralien und deren Mischungsverhältnis verraten und auch nicht, wie die Glasur entsteht. Dies muss das Geheimnis der Töpfergilde bleiben! Ach ja, wenn er fragt, was das für ein Material ist, sagen Sie ihm, dasses ›Porzellan‹ genannt wird.«

Bevor Dame Jonatha begriff, verließ er die Töpferei.

*

Natürlich hatte Dame Jonatha berichtet, dass das Wissen und die Anleitungen von ihm stammten.

Woraufhin er umgehend zu seiner Durchlaucht gerufen, äh, höflich gebeten wurde.

»Sir Cederik, ich ahnte bereits, dass Sie wieder eine Erfindung im Kopf hatten, als Sie nach einer Töpferei fragten. Und wie immer liegen mir jetzt alle in den Ohren, ebenfalls solches Geschirr zu erhalten. Was schlagen Sie vor, wie wir die Produktion steigern können? Sie machten sich garantiert darüber schon längst Gedanken!«

»Sie sagen es, Eure Durchlaucht,« antwortete er seufzend.

»In Alven gibt es weitere Töpferinnen und Töpfer. Stellen Sie am Anfang vier geeignete, nebeneinanderliegende, ausreichend große Räumlichkeiten zur Verfügung. Im ersten Raum wird das Rohmaterial gelagert und gemischt. Im zweiten bauen wir alle im Ort vorhandenen Töpferscheiben auf und fertigen hier die Teile einschließlich der Bemalungen an. Im dritten werden mehrere Brennöfen eingerichtet. Im vierten Raum: Abkühlen. Hinzu kommtnoch ein abgetrennter oder besser noch ein einzeln stehender Verkaufsraum. Je nach Bedarf wird dann später erweitert!«

Und eindringlich weitersprechend:

»Durchlaucht, sorgen Sie unbedingt dafür, dass außer den dort Beschäftigten niemand die Räume eins bis drei betritt! Händler, Käufer, Besucher, dies gilt auch besonders für neugierige Edelleute und so, dürfen nur den Verkaufsraum betreten! Wenn es Euch gelingt, das Mischungsverhältnis geheim zu halten und auch das Verfahren für die Glasur nicht ausgeplaudert wird, könnt Ihr für lange Zeit ein einträgliches Monopol errichten!«

Der Herzog erfasste sofort, um was es ging.

»Es soll alles so geschehen, wie Ihr es vorschlagt!« Lächelnd fügte er hinzu:

»Könnt Ihr mir verraten, was Ihr als Nächstes vorhabt?«

»Auf die Treibjagd gehen!«, kam die trockene Antwort.

＊

Ein kleines anheimelndes Jagdzimmer. Der Herzog lud ihn mit Graf Theoderich, nebst Sohn und Tochter zu einem gemütlichen Umtrunk ein. Auch des Herzogs Töchterlein war anwesend, kein Auge von Georig lassend. So wie es aussah, war dieser ihr derzeitiger Wunschpartner. Ihm war es nur recht.

Plötzlich horchte er auf. Graf Theoderich sprach ihn in gespielt vorwurfsvollen Ton an:

»Wegen Ihnen müssen in Alven weitere Herbergen und Wirtshäuser gebaut werden.«

Da er verdutzt dreinsah, lachte der Graf laut auf.

»Ein paar Tage, nachdem die Schmiede Schwerter und Rapiere anfertigten, kamen die ersten Händler. Auch ihr Flaschenzug findet reichlich Absatz. Zusätzlich lockt der See mit der Wassergewinnung zahlreiche Interessenten an. Die Erfindung der Pumpe schlug ebenfalls voll ein. In Alven wird derzeit eine dafür speziell ausgelegte Fertigung aufgebaut. Überwiegend werden Schwengelpumpen verlangt, die Ausführung mit einer Windmühle als Antrieb, ist für die meisten vorerst noch zu kostspielig.«

Ein tiefer Zug aus seinem Rotweinbecher und der Graf erzählte weiter.

»Natürlich wollten alle stets persönlich zu Ihnen, aber das unterbanden wir schnellstens und schirmten Sie ab. Sie hätten sonst keine ruhige Minute mehr!«

Georig übernahm. Alle hörten gespannt zu.

»Seit ein paar Tagen ist es noch viel unruhiger geworden. Das neue Wundermaterial namens Porzellan schlägt alles bisher Dagewesene! Vor und in dem Verkaufsraum kam es bereits zu Handgemengen! Rund um die Töpferei patrouillieren neuerdings Wachen! Zwei Grafen aus der Nachbarschaft sind zutiefst sauer, weil man sie, ungeachtet ihres hohen adligen Standes, nicht in den Werkstättenbereich einließ. Sie verlangten, dass die ersten Lieferungen, selbstverständlich kostenlos, an sie gehen sollten. Wir wiesen sie ab. Sie wurden deshalb umgehend bei seiner Durchlaucht vorstellig«, ein kurzer Blick in Richtung des Herzogs, »aber dieser verdeutlichte ihnen, dass sie hier keinerlei Sonderrechte besäßen. Sie reagierten zutiefst beleidigt und sagten ihre Teilnahme an der Treibjagd ab.«

Georig feixte schadenfroh.

Der Herzog lachte vergnügt und meinte, dass er auf die beiden leicht verzichten könne. Durch die vielen Händler, er lud die Vertreter der bekanntesten Handelshäuser zur Jagd ein, kämen sicherlich langfristige, für ihn einträgliche Handelsbeziehungen zustande.

Liebenswürdig hob er seinen Weinkelch hoch:

»Auf ihr Wohl, Sir Cederik!«

*

Vielleicht hätte er sich vorab genauer nach den Jagdbräuchen erkundigen sollen? Bei dem Anblick kam er aus dem Staunen fast nicht mehr heraus.

Eine riesige, von Wald umgebene, unberührte Wiese. Ein rund zehn Mannlängen breiter Streifen war durch einen stabilen Schutzzaun abgetrennt. Zwischen Zaun und Wald standen viele Zelte. Dazwischen Tische mit Bänken und halboffenen Ständen, an denen Essen und Trinken feilgeboten wurde. Ein Aufwand wie bei einem Ritterturnier.

Doch diesmal vor allem mit Jägern und Treibern. Adlige jeden Ranges mit Familie und Gesinde, Ritter mit und ohne Knappen, Knechte und Mägde für die Fourage, Waffenhändler für Jagdwaffen, und ... und ...

Ein Stand mit Jagdhörnern erweckte seine Aufmerksamkeit. Warum sich nicht eines kaufen? Rein zu Dekorationszwecken? Er sprang vom Pferd. Georig, der sich an seiner Seite hielt, stieg ebenfalls ab.

»Sir Cederik, Anordnung seiner Durchlaucht! Was immer Sie erwerben wollen, die Kosten gehen zu seinen Lasten! Sie leisteten so viel für das Herzogtum, nahmen nie eine Belohnung oder Bezahlung an, da hält er es für selbstverständlich, dass wir wenigsten diese Kleinigkeiten übernehmen!«

Georig sprach mit nachdrücklichem Ernst. Auch recht.

Danach winkte der einen der Jagdhornbläser herbei. Unter dessen Beratung erstand er ein beachtenswert aussehendes Horn. Der Mann setzte es seine Lippen. Sehr saubere Töne, soweit er es beurteilen konnte.

»Sag mal Georig, dies hier sieht aus wie Jahrmarkt mit Familientreffen. Wann beginnt denn die Jagd?«

»Heute nicht mehr! Alle richten sich erst einmal wohnlich ein. Danach werden alte Bekanntschaften aufgefrischt, Nachrichten ausgetauscht. Jeder unterhält sich mit jedem. Alles ganz zwanglos. Viele sahen sich seit einem Jahr nicht mehr. Was ihre Frage bezüglich der Jagd anbetrifft, da gibt es so manches zu erzählen und zu besprechen. Außerdem«, er feixte von einem Ohr zum anderen, »werden so einige der Damen und Herren nach einem passenden Partner Ausschau halten. Sozusagen ein adliger Heiratsmarkt.«

Er lachte faunisch:

»Auch unsere beiden beleidigten Grafen befinden sich hier. Auf der Suche nach gesellschaftlich geeigneten

Schwiegersöhnen. Zudem, wenn sie nicht gekommen wären, hätte es für sie zu unliebsamen Gerüchten geführt!«

Einen Moment lang schwieg Georig, um gleich darauf weiter zu erklären:

»Was ihre Frage bezüglich der Jagd anbetrifft, der große Tag ist morgen! Im ersten Morgengrauen rücken die Treiber nach beiden Seiten aus und umschließen das Jagdgebiet weitläufig! Bei Sonnenaufgang versammeln sich die Jäger mit den Jagdhunden hier auf der Wiese. Sobald die Sonne voll aufgegangen ist, gibt der Herzog das Zeichen zum Jagdbeginn. Ein Trompetensignal ertönt. Es heißt: ›Frisch auf zur Jagd! Vorbei die Nacht, lasst uns jetzt jagen!‹, welches von vorher festgelegten Treibern rundum weitergeleitet wird. Danach reiten die Jäger in Gruppen an. Das nächste Signal: ›Hört alle her! Treiber geht langsam voran! Treiber fangt an!‹ Während der Jagd ertönen dann mehrere dieser sogenannten ›Leitsignale‹. Zwischendurch bringt man die erlegten Tiere hierher und legt sie am Boden aus. Dies ist die ›Strecke‹. Nach dem Jagdende bricht man sie schnellstens auf, nimmt sie aus und verarbeitet sie weiter, bevor sie verderben!«, schloss er zufrieden.

*

Das Übliche! Lärm, Geschrei, Gestank, Gewimmel und Hektik!

Früher Nachmittag ...

Viele Hände hatte er geschüttelt, kurze, für ihn unwichtige Gespräche geführt.

Väter führten ihre Töchter heran, welche ihn hungrig betrachteten.

Hier half nur noch der Rückzug.

Am Ende der Zeltreihen, genau wie beim Ritterturnier, bauten Wirte wackelige Tische und Bänke auf, boten Essen und Trinken feil.

Hinter dem letzten Ausschank stand eine unscheinbare Bank, mit einer soliden Rückenlehne versehen. Bequem zurückgelehnt, schloss er die Augen.

Seine Ruhe währte nicht lange.

»Sir Cederik! Da versteckt Ihr euch also! Ihr wurdet bereits vermisst!«

Georig mit Schwester mal wieder. Sie setzten sich zu ihm und als sie sahen, was er trank, bestellten sie ebenfalls zwei Krüge Waldbeerensaft. Umgehend löschen die beiden ihren Durst.

»Mehrere Damen erkundigten sich nach Ihnen. Wie es mir scheint, mit eindeutigen Absichten. Mögen Sie keine Frauen?«

Georig fragte direkt. Da ihn seine Schwester gleichfalls hungrig ansah, beschloss er, ihnen reinen Wein einzuschenken.

»Dame Dorothea, bitte holen Sie unauffällig ihren Vater hierher, aber nur ihn, sonst niemanden!«

Georig bemerkte sehr wohl, dass Ritter Cederik es vermied, mit seiner Schwester allein zu sein. Schweigend tranken sie. Minuten später kam sie mit ihrem verwundert dreinsehenden Vater zurück. Die Bank und den Tisch stellten sie außer Hörweite des Ausschanks.

»Bitte hört mir genau zu! Fragen im Anschluss. Ich erzähle euch jetzt meine Geschichte. Höchstwahrscheinlich werdet ihr mir sie nicht glauben, deshalb dürft ihr sie gerne weitererzählen, denn auch euch wird niemand Glauben schenken!«

Sinnend sah er ein paar Augenblicke in die Ferne.

»Ich bin kein Ritter in eurem Sinne, außerdem heiße ich sicherlich auch nicht Cederik! Ich weiß selbst nicht, wie ich mein Name lautet, noch wer ich bin, noch woher ich komme. Vor einigen Jahren stand ich in seltsame Bekleidung gehüllt urplötzlich mitten in einem mir unbekannten Wald. Drei Wegelagerer kamen mit gezogenen Waffen auf mich zu. Danach besaß ich drei Schwerter, drei Messer und Geldbörsen sowie kurz darauf ebenso viele Pferde. Das Gewand, welches ich trug, war fremdartig und überaus auffällig. Die drei Banditen gaben mir freundlicherweise auch ihre Kleidung. Ich zog mich um. Dabei stellte ich fest, dass ich einen silbernen Metallgürtel trage, der sich nicht abnehmen lässt. Seitdem ziehe ich ruhelos durch die Welt auf die Suche nach meinem ›ich‹! Oft bedrücken mich Visionen aus einer unbekannten Zeit. Die einzige Erklärung, die ich habe, ist, dass ich aus einer fernen Zeit hierher verbannt wurde. Möglicherweise ist die Verbannung nur vorübergehend? Ich weiß es nicht. Deshalb vermeide ich jedes Zusammensein mit Frauen. Stellt euch vor, eine bekäme ein Kind von mir und ich muss unversehens, von einer Sekunde zur anderen, wieder zurück in meine Zeit!«

Atemlos lauschten sie seinen Worten. Bitter fügte er hinzu:

»Um Georigs Frage indirekt zu beantworten: Ja, ich hatte zwischenzeitlich, allerdings äußerst selten, Verkehr mit einer Frau. Aber nur heimlich mit verheirateten Damen. Der Gedanke, eine ehrbare Jungfer mit einem Kind ohne Vater zurücklassen, ist mir unerträglich.«

Er schwieg, einige Sekunden still vor sich hinsehend. Danach erhob er sich.

»Halt, halt! Wo wollt Ihr hin?«

»Wie ich bereits sagte, ich bin kein Ritter! Ich kann euch meine Gegenwart nicht länger zumuten!«

Georig sprang auf und hielt ihn fest.

»Reden Sie keinen Unsinn! Für uns sind sie weiterhin Ritter Cederik! Bitte bleiben Sie bei uns. Wir bieten Ihnen hier und heute eine neue Heimat!«

Graf Theobald erhob sich.

»Machen Sie sich keinerlei Sorgen. Niemand wird davon erfahren!«

Und mit Blick auf mehrere herankommende Bekannten:

»Georig! Dorothea, bleibt bei ihm! Ich muss zurück!«

Dorothea sah ihn an:

»Sie sind verbittert und aufgewühlt. Georig, sattle bitte mein Pferd und bringe das von Ritter Cederik mit! Wir suchen uns einen ruhigeren Ort!«

Gute Idee! Soeben näherte sich eine Gruppe von Edelleuten, die ihn seit einigen Tagen mit ihren andauernden Sonderwünschennervten. Ob er vielleicht diese ...?

Gerade noch rechtzeitig kam Georig mit den Pferden. Umgehend saßen sie auf, die nervige Schar mit langen Gesichtern zurücklassend.

*

Ein Wasserfall plätscherte in den kleinen See, kaum Wasserführend. Was bedeutete, dass der Teich verhältnismäßig warm war.

Bis auf den Gürtel zog er sich völlig aus. Wenn es Dorothea störte, sollte sie einfach wegschauen.

Das Nass erfrischte. Einige Minuten geschwommen und er kam zum sandigen Ufer zurück. Zu seiner Verwunderung stand Dorothea bis zu den Hüften ebenfalls nackt im See, sich gründlich abseifend und waschend.

Warum auch nicht.

Aus der Satteltasche holte er eine Decke und ging zu einer vom Wasser geformten Bucht im Felsen, mit feinem Sand gefüllt. Er hatte sich kaum darauf ausgestreckt, lag Dorothea neben ihm.

Bei ihrem Anblick erfasste ihn eine heftige Erregung. Sie drängte sich begehrend an ihn. Alle seine Vorsätze vergessend, drang er in sie ein.

Was für ein herrliches Weib!

*

Welch ein prachtvoller Sonnenaufgang. Erste goldfarbene Lichtfinger erschienen über dem Wald, einen wundervollen Tag verheißend.

Langsam erhob sich der goldene Ball über die Wipfel der Bäume. Die Kühle der Nacht wich einer wohltuenden Wärme. In gedämpften Ton unterhielten sich die Jäger, die Hunde bellten verhalten, derweil einzelne Pferde leise schnaubten. Gespannte Aufmerksamkeit sowie freudige Erwartung erfüllte die Weidmänner.

Hell und rein schmetterten die Jagdhörner das Signal zum Jagdbeginn in die klare Luft. Langsam ritten die Jäger an. Die Hunde bellten laut auf und zerrten an den Leinen. Die langerwartete Jagd hatte begonnen!

Dorothea war wieder einmal wütend. Nur Männer durften jagen, Frauen nicht. Dabei wäre sie so gerne an Cederiks Seite geritten. Die Jäger verschwanden mit Geschrei und Lärm im gegenüberliegenden Wald.

*

Unauffällig ließ er sich zurückfallen. Die Tiere hatten ihm nichts getan, warum also sollte er sie töten? Die Jagd war nicht seine Leidenschaft.

Seiner Schätzung nach vergingen rund zehn Minuten, ehe das erste Wild, ein Fuchs, die Linie der Jäger durchbrach. Ein fürchterliches, von Angst und Panik getragenes Geschrei ertönte rechts von ihm, stetig lauter werdend. Neugierig lenkte er sein Pferd in die Richtung des Lärms.

Ein lauthals brüllender Mann schoss ihm entgegen.

»Ein Bär! Ein Bär, ein ...!«

Dies konnte nur ein Braunbär sein. Allem Anschein nach hatten sich die Jäger auf einen Bären nicht vorbereitet. Wildschweinspieße, ja. Bärenspieße, nein.

Dabei waren Bärenjagden durchaus üblich. Allerdings nur nach entsprechenden Vorbereitungen.

Schnellstens ritt er weiter. Vor ihm schrie ein Mann in höchster Todesnot. Der Bär hatte in gebissen und schwer verletzt. Er galoppierte auf das Tier zu. Keine zwei Mannlängen vor dem Raubtier glitt es aus dem Sattel, sich auf dem Boden abrollend. Eindumpfer Ton.

Sein Pferd rammte den Bären, riss ihn von seinem Opfer weg. Für einen Moment lag der Bär, durch den Zusammenprall vorübergehend betäubt, rücklings auf der Erde.

Für sein Rapier ein leichtes Ziel. Ein blitzschneller Stich, und ...

Das sicherheitshalber kampfbereit gehaltene Schwert benötigte er nicht mehr.

Der Mann, ein Treiber, lag wimmernd und blutend am Boden.Oh je! Dessen Beine waren übel zugerichtet. Zwei saubere Tücher zusammengerollt und er legte dem Mann vorläufig zwei Druckverbände an. Weitere Jäger trafen ein.

»Schnell! Holt einen Wundarzt mit einer Trage! Besorgt zwei Wagen, einen für den Verwundeten und den anderen für das Tier. Dazu ein paar kräftige Männer. Die sollen den Bären fortschaffen! Hat jemand einen klaren Schnaps dabei?«

Man reichte ihm eine Flasche. Diese setzte er dem Verletzten an die Lippen.

»Hier, nehmen Sie ein paar Schlucke! Das beruhigt!« Und an die Umstehenden gerichtet:

»Ihr könnt hier nicht helfen! Steigt auf eure Pferde und seht zu, dass nicht allzu viel Wild entkommt! Ich bleibe vorläufig bei ihm!«

Die Männer ritten wieder los, einer um den zu Wundarzt holen, die restlichen, um weiter zu jagen.

Mit Tüchern deckte er die offenen Wunden behutsam ab. Hoffentlich kam der Arzt bald.

Es dauerte eine geraume Zeit, ehe der Mann und die Helfer eintrafen.

Sie versorgten den Treiber fachmännisch und legten ihn samt Trage auf einen Wagen.

Er sah sich nach seinem Pferd um. Keine Ahnung, wo das hingekommen war. Er nahm an, dass es blindlings in Panik durch den Wald raste. Unwichtig. Gemütlich lief er neben der langsam fahrenden Karre zurück. Ein kurzes Gespräch mit dem Arzt ergab, dass der Verwundete aller Erfahrung nach durchkäme. Dank der rechtzeitig angelegten Druckverbände hatte dieser nicht allzu viel Blut verloren.

Nur wenige bekamen den Vorfall mit dem Bären überhaupt mit, denn die Jagd ging rundherum fröhlich weiter.

Was einen Keiler offenbar verärgerte. Der kam wütend grunzend heran getrabt, senkte den Kopf und griff an. Kurz bevor das gereizte Wildschwein da war, trat er rasch zur Seite. Sein herabzuckendes Schwert durchtrennte dessen Nackenwirbel.

Junge, Junge, wog das Biest viel. Selbst zu viert fiel es nicht leicht, den toten Schwarzkittel auf den Wagen zu dem Bären hochzuhieven.

Bei ihrem Näherkommen öffnete man das Gatter weit, sodass sie durchfahren konnten. Hinter ihnen schloss man es sofort wieder.

Natürlich erregte der Bär die Aufmerksamkeit der Zuschauer. Er nutzte die Gelegenheit, um unauffällig zu verschwinden. Seit dem Jagdbeginn bis jetzt war höchstens eine Stunde verstrichen. Zeit, seine Bank hinter dem Ausschank wieder aufzusuchen. Eine dicke Scheibe Brot mit einem Krug Bier, warum nicht. Das Brot schmeckte hervorragend. Ob er sich nicht noch ein Stück geräucherten Speck bestellen sollte? Gedacht, getan. So ließ sich der Rest des Vormittages aushalten.

*

Eindeutig: Der Bär wurde mit einem Rapier erstochen!

Die Befragung des Wundarztes ergab nur, dass ein ihm unbekannter Mann dem Verwundeten erste Hilfe leistete, derweil der Bär tot daneben lag. Dann, auf das Wildschwein zeigend:

»Das Tier griff uns auf dem Rückweg an. Der Mann blieb gelassen stehen, den Keiler erwartend. Plötzlich bewegte er sich blitzartig zur Seite und erledigte ihn mit einem einzigen Schwerthieb!«

»Und wo ist der Mann jetzt?«

»Keine Ahnung, ich achtete nicht mehr auf ihn!«

Wie auch immer, früher oder später würde sich das Rätsel klären.

*

Dorothea war völlig aufgelöst. Die letzten Treiber verließen die umgebenden Wälder, mit ihnen die Jäger, welche bis zum Schluss durchhielten. Von Cederik weit und breit keine Spur. Auf ihre Fragen erntete sie nur ein bedauerndes Kopfschütteln.

Niemand sah ihn überhaupt auf der Jagd. Plötzlich erschrak sie. Einer der Jäger hielt ein reiterloses Pferd am Zügel. Cederiks Tier! Dies konnte nur bedeuten, dass ihm ein Unglück widerfuhr.

Georig tröstete sie.

»Denk in Ruhe nach, Schwesterchen! Ein Pferd ohne Reiter und ein geheimnisvoller Bärenjäger ohne Pferd! Schau doch einfach beim Ausschank von gestern vorbei!«

Dorothea rannte los.

Das durfte doch nicht wahr sein! Cederik, mit ein paar Männern bei einem Umtrunk sitzend, sich blendend unterhaltend!

Sie schoss auf ihn zu, fiel im um den Hals.

»Ich befürchtete, dass dir etwas zugestoßen ist! Wieso bist Du nicht bei den Jägern? Diese versammeln sich soeben an der Streckemit dem erlegten Wild. Horch! Das Signal ›Halali‹! Jagd vorbei!«

»Also, ich verspürte keinerlei Lust darauf, Tiere zu töten, die nicht zum Essen gedacht sind. Füchse und Dachse oder so. Warum auch? Sie taten mir nichts!«

Dorothea traute ihm nicht über den Weg.

»Du hast nicht zufällig einen Bären und einen Keiler erlegt?«

»Ich? Wie käme ich dazu?«

Dabei sah er völlig unschuldig drein. Sie nickte verständnisvoll und tat, als ob sie ihm Glauben schenkte.

Gleich darauf verließ ihn sein Glück.

»Hallo Bärenjäger! Wie ich hörte, jagten Sie heute überaus erfolgreich! Sie streckten auch noch einen Keiler nieder!«

Mist aber auch. Der Mann setzte sich mit an den Tisch und erzählte:

»Ein Bär griff einen Treiber an und verletzte diesen schwer. Wir, eine Gruppe von fünf Jägern, eilten zu Hilfe, aber er ritt viel schneller. Kurz vor dem Untier ließ er sich, soweit wir es von ferne sehen konnten, aus dem Sattel fallen, derweil sein Pferd mit dem Bären zusammen prallte. Gleich darauf erstach er das Raubtier!«

Durstig nahm der Mann einen Schluck aus dem Krug, welchen ihm der Wirt gereicht hatte.

Dorothea war bleich vor Schreck. Cederik tötete den Bären auf kürzeste Entfernung!

»Wir lassen uns, wenn wir es vermeiden können«, sprach der Jäger weiter, »nie auf einen Kampf Mann gegen Bär ein. Viele Reiter mit Bärenlanzen kreisen um das Tier, werfen mit den Lanzen nach ihm. Nach mehreren Treffern verblutet der Bär. Wird das Untier jedoch nur leicht verletzt, entwickelt es eine ungeheure Kraft und Schnelligkeit. Dabei wirft sich auf den nächstbesten Reiter. Oft verliert dieser sein Leben!«

Georig kam auf der Suche nach seiner Schwester vorbei, sie laut ansprechend:

»Alle fahnden nach dem unbekannten Bärenjäger! Der Herzog will ...!«

Mehrere Männer unterbrachen ihn und zeigten auf Sir Cederik:

»Aber da sitzt er doch!«

*

Natürlich musste er jetzt sofort zu seiner Durchlaucht.

Georig und Dorothea ließen nicht locker, bis er aufstand und mitkam.

Beim Herzog standen der Wundarzt und ein paar Männer. Auch einer der Jäger, der ihn heute Morgen beim Verbinden des Treibers sahen.

Mit lautstarkem Hallo begrüßten sie ihn. Ein kleiner Weinkrug wurde ihm gereicht und seine Durchlaucht stieß des Lobes voll mit ihm an. Danach musste er mit den anderen rundum anstoßen.

»Sir Cederik, Ihr erlegtet den Bären und könnt über ihn bestimmen. Sagt an, was mit ihm geschehen soll.«

Auf diese Frage hatte er sich vorbereitet.

»Eure Durchlaucht, der Bär gehört Euch! Euer schloss-eigener Metzger schält ihn, zusammen mit einem Kürsch-ner, sicherlich gerne aus seinem Pelz. Sorgfältig präpariert wird er sich in einem eurer Jagdzimmer hervorragend ausmachen. Was das Fleisch angeht, eure Schlossküche kann dieses gewiss zu Bärenschinken, Bärenbraten und so weiter verarbeiten.«

Erfreut stimmte der Herzog zu.

Und wieder musste er rundum darauf anstoßen.

Von allen Seiten kam der Geruch von gebratenem oder gegrilltem Wild. Ein Jagdsignal ertönte aus nächster Nähe. Zeit zum Abendessen. Selbstverständlich lud man ihn mit Georig und Dorothea an den Tisch des Herzogs ein.

Es ergab sich noch ein recht netter Abend. Anregende Gespräche, kühle Getränke, herzhaftes Essen, all das verbunden mit viel Jägerlatein. Und vielem Trinken. Als er fragte, wie es weitergehen sollte, erhielt er zur Antwort:

»Morgen, gleich nach dem Frühstück, begeben sich die Jäger, Gäste und Besucher nach Hause, um rechtzeitig zum Mittagessen zurück zu sein. Das erlegte Wild ist bereits auf dem Weg nach Alven. Die Knechte, Mägde und Wirte mit ihren Bediensteten bauen alles ab und bringen es den jeweiligen Besitzern!«

*

Seit zwei Tagen regnete es in Strömen.

Vor der Schmiede, unter deren vorgezogen Dach sitzend, beobachtete er interessiert, wie sich die vor einiger

Zeit angelegten, mit Steinen ausgelegten flachen Rinnen bewährten.

Eine Hauptrinne mit darin einmündenden Nebenrinnen.

Die Hofentwässerung erwies sich als voller Erfolg. Keine ausgedehnten Schlammpfützen mehr.

Ausgezeichnet!

Auch die Trinkwasserversorgung arbeitete wie vorgesehen. Obwohl der Starkregen im Oberlauf des Flusses diesen vorübergehend in eine Schlammbrühe verwandelte, erhielten sie nach wie vor reines Wasser aus der Tiefe des Sees.

Vorhin überprüfte er noch den Damm, welcher vom Stollen zur Burg führte. Er war jetzt zwar klatschnass, aber es lohnte sich.

Seine damalige Anordnung, die Flanken des Dammes mit Mäuerchen und Faschinen gestuft anzulegen, schnellwachsende Büsche und Bodendecker zu pflanzen, sorgte zuverlässig dafür, dass er dem Regen standhielt.

Der Damm des Sees allerdings ...

Die Regenfälle gruben tiefe Furchen in das Erdreich des Staudamms. Nachher musste er beim Sägewerk vorbei gehen. Pflöcke und schmale Bretter bestellen. Hier war eine Ableitung des herabströmenden Regenwassers dringend erforderlich!

Was jedoch das Tosbecken anbetraf ...

Es existierte so gut wie nicht mehr. Die Menge des überlaufenden Wassers hatte er, wie er sich grimmig eingestand, völlig unterschätzt!

Unversehens riss ihn eine vorwurfsvolle Stimme aus seinen Betrachtungen. Dorothea!

»Sie sind ja total durchnässt, Sir Cederik! Sie müssen schnellstens trockene Kleidung anlegen. Eine Magd ...!«

Er winkte einen Knappen herbei.

»Sattle bitte mein Pferd und bringe es her!«

Der rannte los. An Dorothea gewandt:

»Ein sofortiger Besuch in der Sägemühle ist dringender als trockene Kleidung, welche sowieso gleich erneut nass würde! Jede weitere Stunde, die verstreicht, bringt uns einem Dammbruch näher! Bitte suche Georig! In einer halben Stunde bin ich wieder hier! Ich will mit ihm sprechen, es ist von großer Wichtigkeit! Morgen werden viele Männer nass werden!«

*

Im Stillen gratulierte er sich zu seinem gestrigen Einfall. Nach dem Besuch in der Sägemühle war er erneut, diesmal mit Georig, losgeritten.

Mit vereinten Kräften hatten sie das Wehr am Überlauf geöffnet. Was für eine gigantische Wassermenge schoss die Ablaufrinne hinab, dabei die letzten Reste des Tosbeckens zerstörend.

Jetzt, am frühen Morgen, ging der bisher endlos herabströmende Regen in einen leichten Nieselregen über.

Rund fünfzig Helfer standen bereit, auf die Wagen aus der Sägemühle wartend, sich leise unterhaltend.

Zum Glück mussten sie in der feuchten Kälte nicht allzulange ausharren. Er ließ sich einige Pflöcke geben und rammte den Ersten, dicht neben dem herabschießenden Wasser im Überlauf, schräg in die Erde.

Den Zweiten steckte er, kürzer als eine Brettlänge entfernt, geringfügig höher gesetzt, in den Boden.

Zwei Männer brachten das erste Brett und legten es auf die Pflöcke. Ein dritter Pflock, wiederum leicht nach oben versetzt und das zweite Brett aufgelegt.

Er wies ein paar der Männer an, die Bretterreihe fortzusetzen. Nach zehn Brettern bildete sich ein sichtbares Rinnsal vom Damm hinweg in Richtung Überlauf.

Ungefähr zwanzig Mannlängen weiter unten, legte er die nächste Ablaufrinne an, vierzig Längen tiefer, der Damm flachte bereits deutlich ab, eine Dritte. Eine andere Gruppe füllte die vom Regen gegrabenen Furchen mit Steinen und Lehm aus.

Als er sah, dass die Männer keine Anleitung mehr brauchten, stieg er mit Georig zum Wehr hoch und schloss dieses.

Erneut hatte er sich geirrt. Statt einem Meter, wie von ihm erwartet, war der Seespiegel höchstens um eine Elle abgesunken.

Das Wasser im Überlauf versiegte. Zumindest so lange, bis der See sich wieder füllte.

Jetzt kam der anstrengendere Teil. Zusätzliche Bretter trafen ein. Das untere, zehn Längen betragende Teilstück der Überlaufführung wurde gelöst und soweit unterfüttert, dass es ab sofort wesentlich flacher verlief.

Viele Längen weiter, ließ er eine tiefe Grube ausheben. Der Aushub ergab genügend Lehm, um vom bisherigen Ende des Überlaufkännels einen Damm aufzuschütten, auf welchen mit den hinzugekommenen Brettern der Überlauf extrem flach verlaufend weitergeführt wurde.

Die Männer, die bisher den Damm gesichert hatten, kamen hinzu und fuhren mit den Wagen talabwärts bis zu der Stelle, wo der Bach in den Fluss mündete. Dort gab es jede Menge Geröll.

Voll mit schweren Steinbrocken beladen ging es ab, zurück zum Damm.

Inzwischen war das Ende der Grube mit dicht an dicht eingeschlagenen Pflöcken versehen worden.

Jetzt nur noch das Loch mit den Steinen füllen.

Noch zweimal holten sie welche, ehe das neue Tosbecken sich füllte.

Zufrieden betrachtete er das Ergebnis. Sobald der See sich wieder gefüllt hatte, würde man weitersehen.

Zu guter Letzt kam das Wichtigste:

Alle Helfer zu einem kräftigen Mahl einladen!

*

Er langweilte sich! Die Dammreparatur lag nun drei Wochen zurück.

Rundherum war alles in bester Ordnung. Ein kleines Wasserrad im Kännel an der Schlossburg trieb eine winzige Schöpfvorrichtung an, welche die Küche stets mit Frischwasser versorgte. Für die Stadt blieb noch genug übrig.

Da der Unterstand auf dem Hügel seit Längerem nicht mehr benutzt wurde, die Bautätigkeiten waren abgeschlossen, erkor er diesen zu seinem zweiten Wohnsitz aus. Ein geeigneter Platz zum Nachsinnen.

Nun, ja, es konnte nicht nur gute Tage geben. Der Huf-schlag mehrerer Pferde war bereits von weitem zu hören. Sie ritten heran, stiegen ab, banden die Tiere an und kamen auf ihn zu.

Dorothea mit Georig, Ihr Vater, der Landgraf Theode-rich und Ritter Auberlin.

Auf einen einladenden Wink setzten sie sich zu ihm. Dorothea holte Becher und den Weinkrug aus den Truhen und schenkte allen ein.

Der Graf wies auf seinen Sohn:

»Darf ich bekannt machen: Ritter Georig, von seiner Durchlaucht vor einer Woche zum Ritter geschlagen!«

Natürlich gratulierte er sofort dem ehemaligen Knap-pen, den er damit leider los war. Machte nichts, er musste sich halt einen anderen Helfer suchen.

Nach einer Pause fuhr der Graf fort:

»Gleich am nächsten Tag hielt Georig, nach einem Gespräch mit Jungfer Elsbeth, ohne mich zu fragen, um ihre Hand an. Seine Durchlaucht stimmte zu. In ein bis zwei Monden wird geheiratet!«

Nachdenklich sah der Graf vor sich hin. Im Stillen fragte er sich, warum sie deswegen extra hierher hoch-kamen. Das hätte man ihm auch unten, sofern er sich da irgendwann mal wieder sehen ließ, mitteilen können. Worauf wollte der Graf hinaus?

»Ich verliere einen Sohn, der Herzog bekommt einen Schwiegersohn und Sie haben keinen Knappen mehr! Allerdings ist ein einfacher Ritter als Schwiegersohn eines Herzogs nicht völlig standesgemäß! Demnächst wird es sicherlich einen Baron Georig geben!«

Der Graf lächelte, derweil sein Sohn das Gesicht verzog.

Danach, tiefernst:

»Sie, Sir Cederik, bewirkten überaus viel! Aber was wird dauerhaft aus Ihnen? Sie sind, wenn man es genau betrachtet, heimatlos. Ihre Zimmer unten in der Schossburg? Sie benutzen sie immer weniger. Dort finden Sie keine Heimat. Was ich jetzt sage, ist mir absolut ernst. Bitte überlegen Sie mein Angebot in aller Ruhe!«

Ihm schwante, was da auf ihn zukam. Andererseits, der Graf hatte recht. Seine Welt war kalt. Irgendwann einsam weiterreiten? Nicht sehr erfreuliche Zukunftsaussichten.

»Als Schwiegersohn des Herzogs hat Georig ausgesorgt. Er ist auf das bisschen, welches ich ihm vererben kann, nicht angewiesen. Damit kommt als nächste Erbin nur Dorothea in Frage. Sobald das bekannt wird, balgen sich alle Nichtsnutze der Gegend um ihre Gunst. Nicht wegen ihr, sondern wegen des zu erwartenden Erbes.«

Der Graf holt tief Luft:

»Meine Tochter wünscht sich einen Mann, den, in den sie sich verliebte. Mir ist er als Schwiegersohn ebenfalls hochwillkommen. Georig hätte nichts gegen einen netten Schwager. Und wie es der Zufall will, handelt es sich stets um denselben Mann!«

Und ihn fest anblickend:

»Sir Cederik, wir möchten Ihnen hiermit eine Heimat, eine Familie, anbieten!«

Graf Theoderich wirkte erleichtert, als er dies gesagt hatte. Er lächelte.

»Herr Graf, ich bin nicht abgeneigt. Wenn Jungfer Dorothea erst einmal mit einer Verlobung einverstanden ist?«

Statt einer Antwort fiel ihm Dorothea begeistert um den Hals.

Ritter Auberlin, Ritter Georig und der Landgraf klatschten lautstark Beifall.

*

Die Räume, die er im Gutshof seines zukünftigen Schwiegervaters bewohnte, waren weitaus besser eingerichtet, als die in der Schlossburg.

Gräfin Hildegund, die Schwiegermutter in spe, erwies sich zudem als ausgezeichnete Köchin, welche ihn tagsüber kulinarisch verwöhnte. Seit dem Tag, an dem er die Wasserpumpe einführte, hatte sie ihn in ihr Herz geschlossen.

Nächtens sorgte Dorothea für sein Wohl.

Am Tag nach dem Gespräch mit Landgraf Theoderich war dieser beim Herzog vorstellig geworden und hatte ihn über die geplante Verlobung informiert.

Er selbst beabsichtigte die Wohnräume in der Schlossburg aufzugeben, aber seine Durchlaucht riet ihm davon ab. Auch recht.

Anschließend besuchte er die Töpferei. Außer ein paar nicht zum Verkauf freigegebenen Mustern war alles weg. Das Porzellangeschirr erwies sich nach wie vor als Volltreffer, sehr zu Freude der herzoglichen Kasse.

Zudem hatte sich ein Holzschnitzer eingefunden, welcher allerlei Tiere schnitzte. Diese mit Lehm überzogen und den Lehm vorsichtig antrocknen lassend. Bevor er zu trocken war, behutsam aufgeschnitten, sodass zwei Halbschalen entstanden, welche anschließend gebrannt wurden. Die Halbschalen zusammengefügt und mit Porzellanmasse aufgefüllt. Erneut trocknen lassen, die Schalen geöffnet und das zukünftige Porzellan nachgearbeitet. Nach dem Brennen und einer Glasur entstanden wunderschöne Porzellanfiguren. Klar war nur, dass ab sofort jeder so eine Figur haben wollte.

›Gefaltete‹ Schwerter und die Rapiere? Auch diese gingen weg wie frische Brötchen. Die Schmiede waren nach wie vor überlastet. Sein nächstes Projekt musste er absolut vorsichtig, unter strengster Geheimhaltung, mit den Handwerkern des Gutshofes in Angriff nehmen.

Aber vorher wollte er da noch eine Frage zu klären:

›Wofür braucht man heutzutage noch Ritter?‹

*

Seine Durchlaucht, Herzog Lynhardt von Schönburg, Landgraf Theoderich mit Sohn, Ritter Auberlin, zwei adlige Berater des Herzogs, ein Landjunker, der Ortsvorsteher Alvens, der Apotheker der Wundarzt, und der Lehrer. Alles was Rang und Namen besaß.

Sie alle saßen mit ihm um einen runden Tisch, bestens mit Getränken versorgt, ihn erwartungsvoll ansehend.

Sich erhebend:

»Eure Durchlaucht, Herr Graf, meine Herren! Danke, dass Sie der Einladung folgten. Es geht um eine für mich wesentliche Frage, die ich ihnen nachher vorlegen will. Doch zuerst: Vor ein paar Monaten lernte ich Ritter Auberlin kennen und schätzen. Dabei berichtete er mir, was es heißt, ein Ritter zu sein. Ich bat ihn, dies in dieser Runde noch einmal vorzutragen. Bitte, Ritter Auberlin!«

Der Angesprochene stand auf, erzählte von den Schattenseiten des Rittertums. Wenn er nicht zeitweise in irgendeinen Dienst treten konnte, zum Beispiel als Wächter auf einer Burg, einem Gehöft oder in einer Stadt, als Begleiter eines kaufmännischen Wagenzuges, war Schmalhans Küchenmeister. Frierend im Freien nächtigen, ob seiner Rüstung und Waffen misstrauisch angesehen. In Turnieren zur Belustigung der Zuschauer antretend, stets in Gefahr, verwundet oder getötet zu werden. Woraufhin er mit den Worten schloss. »Niemand braucht uns mehr!«

»Danke Ritter Auberlin!« Er ergriff wieder das Wort:

»Wir haben uns soeben das Thema ›Ritter‹ aus Sicht eines Betroffenen angehört. Meine Frage lautet: ›Wozu braucht man heutzutage noch Ritter‹? Ritterliches Verhalten sollte jeder aufweisen, auf sein tägliches Leben übertragen, ohne andauernd kämpfen zu wollen. Herr Graf, ich bitte Sie als Erster ihre Meinung hierzu darzulegen?«

Nach wenigen Minuten ging es am Tisch heiß her. Auf sein Zeichen hin brachten Mägde und Knechte Essen herbei, sodass es danach deutlich gesitteter zuging.

Sobald seine Durchlaucht oder der Graf das Wort ergriffen, hörten alle aufmerksam zu.

Die Diskussion wogte hin und her. Immer mehr kamen zum gleichen Schluss: Im Prinzip war die Zeit der Ritter vorbei! Wachdienste und Schutzaufgaben übernahmen mehr und mehr fest angestellte Söldner. Herumziehende Ritter stellten einen Anachronismus dar. Das Bürgertum, vor allem Kaufleute, naturgemäß nicht an kriegerischen Auseinandersetzungen interessiert, drängten sich in den Vordergrund.

Was hieß, dass er sein nächstes Projekt in Angriff nehmen konnte.

Aber zuerst war Ausnüchterung angesagt. Selbst seine Durchlaucht stand nicht mehr sicher auf den Beinen.

*

Er hatte gehofft, dass Baron Georig mit den Hochzeitsvorbereitungen voll beschäftigt sei. Falsch gedacht.

Um der Neugier durch Schreiber Bartelmes zu entgehen, zog er sich in den Unterstand zurück, um dort in Ruhe ein paar Zeichnungen anzufertigen.

Georig erblickte sofort die Pergamente, ihn daraufhin fragend ansehend:

»Darf ich?«

Natürlich durfte er. Georigs Gesicht zog sich in die Länge. Alles verschiedene Teile mit unbekannten Benennungen.

»Ich verstehe nichts, Cederik. Lauter einzelne Stücke. Wozu sind diese gut?«

»Weißt Du«, seit er beinahe zur Familie gehörte, duzten sie sich, »bei der Jagd neulich, gab es einen kleinen Zwischenfall. Bewaffnet umherziehende Ritter wird es bald keine mehr geben. Aber Jäger streifen auch in Zukunft durch Wald und Flur! Für die Jagd auf Bären und Wildschweine bedeutet eine ›durchschlagende Waffe‹ einen enormen Fortschritt. Hier«, er drehte sich um und holte ein weiteres Pergament aus der Truhe hinter ihm, »siehst du den Entwurf für eine solche Waffe! Dort, woher ich komme, nennt man sie ›Armbrust‹! Sie ist eine Nahkampfwache mit dem Nachteil, dass man eine relativ lange Nachladezeit benötigt. Triffst Du beispielsweise ein Raubtier nicht sofort tödlich, bist Du verdaut, bevor Du nachlädst! Mehrere Armbrustschützen hingegen und Bären oder Keiler besitzen keine Chancen mehr!«

Georig schluckte, indessen er lässig hinzufügte:

»Kein Wort zu irgendjemandem, schon gar nicht zum Herzog! In zwei Wochen hast Du dann deine Waffe einschließlich Bolzen! Ach, ja. Gibt es einen triftigen Grund, warum ein vielbeschäftigter Baron einen der letzten überflüssigen Ritter aufsucht?«

Georig lachte:

»Der Herzog wollte Dir morgen einen Orden oder so was verleihen. Wegen besonderer Verdienste! Allerdings werde ich ihm nachher aufs Dringendste nahelegen, dass er damit noch etwa drei Wochen warten soll. Wie ich anhand der Armbrustzeichnungen sehe, brütest Du im Moment etwas aus. Ich habe natürlich keine Ahnung, worum es geht, aber es ist sicherlich sinnvoll, dich derzeit nicht zu stören!«

Er feixte zufrieden.

»Wenn ich seiner Durchlaucht damit komme, wird er in nächster Zeit vor lauter Neugier in der Nacht kaum mehr schlafen können!«

Somit gab es für ihn nur eines. Sich auf den Gutshof zurückzuziehen und sich keinesfalls in der Schlossburg sehen zu lassen! Ja nicht dem Herzog über den Weg laufen!

*

Nach zwei Tagen war die Drehbank des Drechslers soweit abgeändert, dass einfache, grob handgeschmiedete Eisenstäbe, noch nicht gehärtet, sauber rundgedreht wurden. Ein Drehstahl, auf einem Schlitten geführt, ermöglichte es, zwei handspannenlange Metallstäbe, einen Finger dick, herzustellen. An der Vorderseite eingeschlitzt, was unvorhergesehen aufwendig war, und darin eine schmale, messerscharfe Pfeilspitze aus Metall eingesetzt, ergab einen ausgezeichneten Bolzen für die geplante Armbrust. Klar war, dass die Geschosse nach jedem Schuss wieder eingesammelt werden mussten. Zu kostbar, um sie einfach liegen zu lassen. Zumal, wenn sie vorher aufwändig geglüht und in Öl abgeschreckt wurden.

Die Anfertigung der Armbrust brachte den Schmied und den Schreiner erst einmal an die Grenzen ihres Könnens. Den Seiler für die Sehne auch. Er tröstete sich damit, dass die Handwerker im Laufe der Zeit mit eigenen Ideen Verbesserungen einbrachten. Vorläufig benötigte er nur ein Muster zu Demonstrationszwecken. Gleichgültig, wie aufwändig derzeit die Herstellung war.

Nach genau zwei Wochen besaß er eine durchaus zuverlässig arbeitende Armbrust mit einem Dutzend Bolzen. Einige Probeschüsse im kleinsten Kreis zeigten sich als voller Erfolg.

Kettenhemden und einfache Rüstungen durchschlugen die Geschosse problemlos. Ein weiterer Test der Handwerker an einem Hausschwein fiel zu aller Zufriedenheit aus. Anschließend gab es Schweinebraten.

Am nächsten Tag lud er Graf Theoderich mit Sohn, Frau und Töchtern zu einer Vorführung ein.

Er unterwies Georig, wie man den Bolzen einlegte und sie mit Hilfe des Spannhebels spannte.

Natürlich betätigte dieser sogleich, ohne zu zielen, den Abzug.

Enttäuscht meinte der:

»Die Armbrust ist defekt!«

Leicht grinsend erklärte er:

»Sei froh, dass sie nicht losging! Wer weiß, wen Du soeben erschossen hättest! Schau her, hier am Abzug befindet sich ein kleiner Sicherheitshebel! Dieser rastet beim Laden ein, um Unfälle zu verhindern! Merkt euch alle: Bereits beim Einlegen des Bolzens darauf achten, dass niemand in Schussrichtung steht! So, Georig, suche dir ein Ziel aus, wir stellten ein paar Attrappen auf!«

Georig konnte keinen Schuss abgeben, denn der Graf riss ihm die Armbrust aus der Hand.

Seinem urplötzlich mulmigen Gefühl nach zu urteilen, ließ er soeben einen bösen Geist aus der Flasche.

Vater und Sohn wechselten sich anschließend beim Probeschießen ab. Alles ging gut, bis dummerweise Dorothea auch einmal wollte.

Georig reicht ihr die bereits geladene Armbrust, denn das Spannen erforderte eine erhebliche Kraft.

Aufgeregt nahm sie die Waffe zur Hand. Fuchtelte damit herum, kam gleichzeitig an die Sicherung und den Abzug. Danach konnten sie das getroffene, schwerverletzte Pferd nur noch notschlachten.

Wenn auch ungewollt, hatte sie die durchschlagende Wirkung vorgeführt, dabei aber auch die tödliche Gefahr, welche von einer Armbrust ausging, aufgezeigt.

Grimmig nahm der Graf seiner erschrockenen Tochter die Waffe ab und wandte sich an ihn:

»Dies ist eine unübersehbar revolutionäre Waffe! Morgen bringe ich den Herzog hierher. Er wird sich anschließend mit seiner Majestät dem König in Verbindung setzen! Bitte fertigt noch zwei weitere Waffen an. Sowohl der Herzog wie auch seine Majestät werden sofort ebenfalls eine Armbrust wollen!«

Danach, an alle gerichtet:

»Die von Sir Cederik verlangte Geheimhaltung gilt weiterhin! Und Du Dorothea,« dabei sah er seine Tochter scharf an, »Du wirst in nächster Zeit keine Armbrust mehr anfassen!«

Beleidigt schmollend zog sie ab. Neugierig erkundigte sich der Graf:

»Sir Cederik, Sie verboten bisher jedermann strickt, die Werkstätten zu betreten. Gilt das auch für mich, meine Frau und Töchter?«

Er lächelte:

»Bitte treten Sie ein, Herr Graf! Selbstverständlich auch die Damen! Georig kennt die Pläne schon lange und half, sofern seine Zeit es zuließ, tatkräftig mit!«

Vor der Drehbank blieb der Graf erstaunt stehen.

»Seit ich vorhin den ersten Bolzen in der Hand hielt, fragte ich mich, wie sie diesen anfertigten. Wieder eine umwerfende Erfindung!«

»Ach, das ist nichts Besonderes. Um es genauer anzufertigen gibt es bessere Alternativen. Denken Sie an die Sägemühle! Bauen Sie die Werkstätten am Fluss auf und versehen sie mit einem Mühlrad. Dieses kann dann beispielsweise die Drehbank oder die Metallsäge antreiben. Auch der Blasebälge könnten mechanisch betätigt werden!«

Er überlegt einen Moment.

»Die Handwerker hier sind allerdings an ihren Grenzen angelangt. Gibt es in der Gegend eine Metallgießerei? So in die Richtung Glockengießerei? Damit kann man unter anderem auch die Pumpen verbessern!«

Der Graf hielt es für besser, den Besuch ganz schnell abzubrechen. Wer wusste schon, was Sir Cederik sonst noch so auf den Tisch brachte.

»Ich darf hiermit alle Anwesenden, vor allem unsere fleißigen Handwerker, jetzt gleich, zur Feier der Armbrust, zu einem kleinen Umtrunk einladen. Selbstverständlich gibt es auch eine kräftige Mahlzeit!«

Eilends verlies er die Räume.

Sir Cederik nickte zustimmend. Essen, etwas trinken und für den Rest des Tages ausruhen konnte den Männern nur guttun.

Morgen gab es auch noch einen Tag!

*

Seine Durchlaucht, Herzog Lynhardt von Schönburg, geruhte allerbester Laune zu sein. Dass er die Armbrust und alle vorhandenen Bolzen an sich nahm, war sein gutes Recht. Genauso wie sein Wunsch, mindesten zehn weitere Waffen zu erhalten.

Graf Theodor und Georig machten lange Gesichter. Sie mussten auf ihre Armbrüste noch etwas warten.

Hoffentlich, dachte er, erschoss der Herzog niemanden!

Am nächsten Tag entschied er, dass er ein paar Ruhetage verdient hätte. Anstatt selbst nachzudenken, machten es sich alle zu leicht und kamen wegen jedem Problemchen angerannt. Also gab es nur eines: einige Zeit verreisen. Als er seinem zukünftigen Schwiegervater davon erzählte, kam dummerweise Dorothea hinzu. Danach standfest, dass sie mit ihm reisen würde.

Auch recht. Er plante, die vier Tagereisen entfernte Stadt, Haitin genannt, zu besuchen. Dem Vernehmen nach war diese doppelt so groß wie Alven. Da sie unterwegs durch kleine Weiler und Dörfer kamen, beschloss er, mit Dorothea jeweils in einem Wirtshaus oder einer Herberge zu übernachten.

Gesagt getan. Er trug die für fahrende Händler übliche Kleidung. Dorothea die einer einfachen Bürgerin. Nichts durfte auf einen Ritter oder Prinzessin hinweisen. Ja nicht auffallen, lautete seine Devise!

Haitin lag in einem schmalen Tal und bot keinerlei Interessantes. Sie stiegen in einem Gasthof, in dem überwiegend Kaufleute verkehrten, ab. Aus den Gesprächen am Tisch erfuhr er, dass die aktuellen Erfindungen überall, zumindest dem Namen nach, bekannt waren. Die Herstellungsverfahren hingegen nicht, sodass man gezwungen war, wenn man diese besitzen wollte, nach Alven zu reisen. Nichts Neues also.

Um nicht grundlos nach Haitin gereist zu sein, besuchte er mit Dorothea die ortsansässigen Schneider. Ein voller Erfolg! Sie war begeistert. Sowohl für sich wie auch für ihre Schwestern sowie für ihre Mutter, erstand sie viele Kleidungsstücke. Blusen, Jacken, Kleider, Unterwäsche und nicht zu vergessen, modische Schuhe. Topaktuelle Hauben durften ebenfalls nicht fehlen. Zwei Tage verblieben sie in Haitin, ehe sie sich auf den Rückweg begaben. Die dicken Bündel mit den Kleidern wollte er nicht auf den Reittieren mitschleppen. Sie kauften daher zum Transport ein kräftiges Packpferd. Was Dorothea sofort ausnützte, um noch weitere Kleidung zu kaufen.

Bis auf eine kleine Abwechslung, drei angsterweckend aussehende Wegelagerer baten sie um ihr gesamtes Hab und Gut, verlief die Reise ereignislos.

Da die Räuber überhaupt nicht einsahen, dass sie ihrerseits alles abgeben sollten, griffen sie an. Danach gab es drei Banditen weniger.

Dorothea ritt geschockt an seiner Seite. Kein Wunder, dass er sie damals so einfach besiegte.

Der Kampf soeben ...

Sie konnte kaum fassen, mit welch unglaublicher Geschwindigkeit Cederik sich bewegte. Kein Austausch von Schwerthieben, sondern blitzschnelles Zuschlagen mit Schwert und Rapier.

Im nächsten Dorf angekommen, fragte er nach dem Ortsvorsteher. Dieser, ein älterer Mann, empfing ihn freundlich.

Angstschlotternd, in zitterigem Ton sprach er den Mann an:

»Räuber ... drei Räuber ... sie wollten uns töten! Ein Ritter ... er griff die Räuber an und rief uns zu, dass wir schnellstens verschwinden sollten ... Mörder!«

Seine Stimme versagte. Leise sprechend beruhigte ihn der Ortsvorsteher und fragte:

»Wo erfolgte der Überfall?«

Zitternd zeigte er nach hinten, in die Richtung, aus der er herkam und stammelte:

»Mörder ... ein Ritter in Rüstung ...!«

Sich umdrehend taumelte er auf sein Pferd zu. Erst beim dritten Versuch sowie mit der Unterstützung durch den Ortsvorsteher gelangte er in den Sattel.

Mit schriller Stimme: »Mörder ... Mörder ...«, rufend, trieb er sein Tier an und verschwand außer Sichtweite. Dorothea folgte ihm eilends.

Da er langsam ritt, holte sie ihn im Handumdrehen ein.

»Klasse Vorstellung! Warum?«

»Ich will nicht, dass die Toten einfach so liegenbleiben. Die Dörfler werden sie begraben und nach dem unbekannten Ritter suchen. Uns verdächtigt niemand!«

Dorothea musste ihm recht geben und stellte fest, dass sie ihren zukünftigen Mann noch lange nicht kannte!

*

Hocherfreut nahmen die Damen des Hauses ihre Kleidungsstücke in Empfang. Sehr zum Leidwesen des Grafen, welcher nun von seiner Frau und den anderen Töchtern bestürmt wurde, mit ihnen demnächst ebenfalls nach Haitin zu reiten.

Dorothea warnte vor den Gefahren des Weges und erzählte von der Episode mit den Wegelagerern. Allerdings ohne Cederiks ›Vorstellung‹ zu erwähnen.

Er erkundigte sich nach dem aktuellen Stand bezüglich der Armbrust. Der Aufbau der von ihm vorgeschlagenen Fertigungsstätte am Fluss stellte lediglich ein Zeitproblem dar. Auch wenn der Herzog noch so drängelte, so etwas ging nicht über Nacht.

In zwei Wochen sollte Georigs Hochzeit stattfinden.

Da der Herzog seinen Schwiegersohn und Tochter in der Nähe haben wollte, mussten sie notgedrungen in der Schlossburg wohnen. Eine gute Gelegenheit, seine Räume dort loszuwerden. Graf Theoderich versprach, dies zu veranlassen. Fein!

*

Zusammen mit Auberlin saß er auf der Freitreppe des Hauses, gespannt dem langsam auf sie zukommenden Reiter entgegensehend.

Der Mann sah müde und hungrig aus.

Zehn Längen vor ihnen zügelte er sein Pferd.

»Gestatten sie, dass ich mich vorstelle? Ich bin ein fahrender Ritter und heiße Gundolf von Lahnstein. Im Namen der Ritterschaft bitte ich um eure Gastlichkeit. Ein wenig Heu für mein Pferd, sowie ein Mahl und ein Nachtlager für mich!«

Auberlin erhob sich.

»Seid willkommen, Ritter Gundolf! Bleibt unser Gast, solange es Euch beliebt! Ich heiße Auberlin! Folgt mir!«

Ritter Gundolf stieg ab.

»Danke für euer Angebot. Bitte sorgt für mein Tier. Es ist alles, was ich noch besitze.«

Nachdenklich sah er den beiden hinterher. Ein Knecht nahm sich währenddessen des Pferdes an und führte es zum Stall. Dort wurde es dann versorgt.

Auberlin schien in des Grafen Tochter Edeltraut verliebt zu sein. So wie er Ritter Gundolf einschätzte, würde dieser auch gerne sesshaft werden. Zudem gab es ja noch Helena, des Grafen jüngste Tochter.

Auberlin kam gleich darauf wieder her.

»Ritter Gundolf isst und trinkt, wie wenn er halb verhungert wäre. Sobald er gesättigt ist, wird er schnell einschlafen. Er scheint völlig übermüdet zu sein!«

»In Ordnung! Aber zurück zum Thema. Weshalb soll ich zum König kommen? Wegen einer Ordensverleihung? Das Ding kann er sich sonst wo hinstecken! Die Zeit kann ich besser nützen!«

Er war sauer.

Auberlin wirkte unglücklich.

»Georig erzählte es. Allerdings eher so nebenbei. Ich denke, dass ...«

Er unterbrach sich. Diesmal kamen zwei Reiter. Der Graf und sein Sohn. Sie waren so in Eile, dass sie nicht einmal grüßten, sondern gleich zur Sache kamen:

»Seine Majestät, König Maximilian, befiehlt uns umgehend zu sich! Herzog Lynhardt stellt soeben eine Schar Wächter, Knechte und Mägde zusammen, die ihn und uns begleiten. Bitte kommt sofort mit! Georigs Hochzeit wird einstweilen verschoben!«

Der Knecht, welcher Ritter Gundolfs Pferd versorgt hatte, kam auf sie zu und bekam den Befehl:

»Sattle die Pferde von Ritter Cederik und von meiner Tochter Dorothea. Sie reist auch mit! In einer Stunde reiten wir los!«

Nach diesen Worten eilte er ins Haus. Georig war bereits vorausgegangen, um seine Schwester zu informieren.

Und er, was war mit ihm? Ihn fragte mal wieder niemand!

*

Porphyra, der Name der Stadt und der königlichen Residenz.

Porphyr, ein Stein, eingesetzt zum Hausbau und vor allem zur Pflasterung der Wege rund um das Schloss wie auch die Plätze in Porphyra.

Eine derart schöne und große Stadt hatte er nicht erwartet. Auf seine Frage hin, meinte Georig, dass in ihr mehr als zehntausend Einwohner lebten. Und entsprechend stank!

Was für erbärmliche, unhygienische Zustände!

Kein Vergleich mit der Schlossburg. Auch Alven war durch die neuerdings nahezu unbegrenzte Wasserzufuhr und die immer mehr entstehenden Fäkaliengräben viel sauberer geworden.

Das Trinkwasser wurde längst nicht mehr aus den verseuchten Brunnen, sondern einzig und allein aus dem See entnommen. Um die Versorgung mit frischem Wasser zu garantieren, bauten sie neben den Känneln auf Holzsäulen, fest gemauerte, sturmsichere Stützen. Zugleich höher, sodass die Wasserversorgung alle Stadtbereiche erfasste. Nicht zu vergessen, die zusätzlichen seitlich hochgezogenen Wände, wodurch sich die Wassermenge nochmals steigern ließ. Was derzeit jedoch nicht erforderlich war.

Hier in Porphyra hingegen?

Er ermahnte seine Begleitung eindringlich, jegliches Wasser nur abgekocht zu trinken!

Vor dem königlichen Palast wartete ein mehrköpfiges Empfangskomitee, welches sie herzlich begrüßte.

Die Residenz entpuppte sich riesig! Sie kamen in einem Nebengebäude unter.

»Bitte erholen sie sich ein wenig von ihrer Reise! Der Empfang bei Seiner Majestät wird in rund drei Stunden stattfinden!«

War ihm doch so was von egal!

Eigentlich wollte er das Schloss besichtigen, aber an einem Gang befand sich ein offener Erker mit mehreren Fensterchen. Eine halbrunde Bank lud zum Verweilen ein.

»Kann ich Ihnen behilflich sein?«

Er sah auf. Ein gut aussehender Mann, mittleren Alters, sehr gepflegt, in einer schlichten Livree, hatte ihn angesprochen.

»Vielen Dank, ich benötige nichts, aber wenn Sie ein paar Minuten Zeit für mich haben?«

Der Mann nickte zustimmend und setzte sich zu ihm. Er begann mit in die Ferne gerichtetem Blick, vorzutragen:

»Sie werden es gewohnt sein, aber ich komme von weit her. Niemals vorher kam ich in eine derart stinkende, schmutzige Stadt! Nachher muss ich, ich weiß nicht warum an einer königlichen Audienz teilnehmen. Aber dies ist nicht die Zeit und der Ort, um Probleme anzusprechen. Mein Wunsch ist, seine Majestät zu uns nach Alven zu bitten, damit er an einem Beispiel sieht, was sich machen lässt! In der Hoffnung, dass er danach ein paar Fachleute zu uns schickt, die dann das Prinzip auf Porphyra übertragen. Ganz sicherlich gibt es hier viele Erkrankungen, verursacht durch das mit Fäkalien verseuchte Grundwasser! Leider kenne ich aus Erfahrung, dass sehr hohe Herren, abgeschirmt durch eigennützige, oft korrupte Berater, den Kontakt zum Volk verlieren!

Und es nicht einmal bemerken! Schade! Nach der für mich unwichtigen Audienz werde ich, so schnell es geht, diese elende, erbärmliche Stadt verlassen!«

Er schwieg einen Moment, danach den Mann voll ansehend:

»Danke, dass Sie mir zuhörten!«

Er erhob sich und ging nach kurzem Gruß zurück zu seinen Begleitern.

*

»Herzog Lynhardt von Schönburg, Landgraf Theoderich und Ritter Cederik! Sie werden aufgefordert, zu seiner Majestät zu kommen! Wenn ich bemerken darf, seine Majestät befindet sich in äußerst übler Laune!«

Na und, dachte er, was ging ihn das an? Vor einem schweren Portal hielt ihr Führer an.

Klopfte dreimal an und riss die Tür weit auf.

»Bitte treten sie ein!«

Ein Schreibtisch, drei Stühle davor, ein Mann thronte dahinter und ...

Au weia! Mist aber auch! Sein Zuhörer von vorhin war der König persönlich!

Aber zuerst einmal verneigten sie sich tief vor seiner Majestät. Ernst sah dieser die Besucher an:

»Herr Herzog, wir sind seit langem befreundet! Ich erwarte, dass Sie mir auf meine Frage ohne Beschönigung antworten! Das Gleiche wünsche ich auch von Ihnen, Herr Landgraf!«

Und mit Blick auf ihn:

»Sie brauche ich wohl nicht zu fragen!«

Er sah sie nochmals fest an.

»Ist es wahr, dass meine Stadt im Vergleich zu anderen Orten furchtbar stinkt und schmutzig ist?«

Der Herzog schluckte. Danach rang er sich zu einer ehrlichen Antwort durch:

»Jawohl, Eure Majestät, aber ...!«

Der König winkte ab. Verhaltener Zorn schwang in sein seiner Stimme mit.

»Herr Graf, wie ist ihre Meinung hierzu?«

Graf Theoderich sah dem Herrscher frei ins Gesicht.

»Wer auch immer das behauptete, ich gebe ihm völlig recht!«

Grimmig sah der König sie an.

»Als mir diese bodenlos gemeinen Anschuldigungen zu Ohren kam, ließ ich selbstverständlich sofort meine Berater kommen! Sie versicherten einstimmig, dass unsere Brunnen die beste Wasserqualität aufweisen, die Stadt absolut sauber sei! Ich ... Halt! Wo gehen sie hin?«

Er war aufgestanden.

»Nach Hause!«, antwortete er trocken. »Die Meinung von ein paar unbedarften Landeiern gegen ihre fachkundigen Ratgeber? Völlig unwichtig!«

Unerwartet brach der König in lautes Lachen aus! Gleich darauf wurde er wieder ernst.

»Bevor ich meine Berater fragte, schlich ich mich verkleidet in die Stadt. Ich hätte das schon längst tun sollen! Den Dreck und den Unrat sah ich ebenfalls. An einem

Brunnen bat ich um ein wenig Wasser. Als ich den Becher, das Wasser roch seltsam, ansetzte, riss man ihn mir aus der Hand! Ja nicht ungekocht trinken, es ist unsauber!«

Daraufhin fragte ich sie:

»Wenn das Wasser so schlecht ist, warum beschwert ihr euch dann nicht beim König?«

Danach, mit kaum unterdrücktem Zorn in der Stimme:

»Sie haben sich nur ängstlich umgesehen und meinten: Man kommt niemals zum Herrscher durch! Nur ins Gefängnis. Oder man verschwindet einfach!«

Der König schwieg nachdenklich.

»Nach dem Urteil meiner Berater reichte ich ihnen den Becher und sagte, dass das Wasser frisch aus dem Zentralbrunnen sei! Ich bat sie, daraus zu trinken und nochmals die hohe Wasserqualität zu bestätigen! Keiner trank! Jetzt sitzen alle im Gefängnis! Absolut loyale Agenten der Geheimpolizei durchsuchen derzeit deren Arbeitszimmer und Privatwohnungen! Es wird ... ja, herein!«

Es hatte geklopft. Eine Frau huschte zu ihm und reichte seiner Majestät ein eng beschriebenes Pergament. Stirnrunzelnd überflog der König das Schreiben. Danach wandte er sich ihm zu:

»Sir Cederik! Ich danke Ihnen, dass Sie mir die Augen öffneten. Die Audienz wird später fortgeführt! Lynhardt, du bleibst bitte noch kurz hier!«

*

»Was meinte der König damit, dass Du ihm die Augen geöffnet hättest?«

Er lachte und erzählte die kurze Episode mit dem Unbekannten. In ihrer Unterkunft angelangt, unterrichtete Graf Theoderich Sohn und Tochter über den Verlauf der Audienz. Sie unterhielten sich und fragten sich, wie es weitergehen sollte. Gut eine halbe Stunde später kam Herzog Lynhardt zurück und setzte sich sichtbar erschüttert zu ihnen.

Dankend ergriff er den ihm gereichten Weinkrug. Ein tiefer Zug und danach sah er stumm vor sich hin. Niemand wagte es, ihn in seinen Gedanken zu stören.

Nach einigen Minuten blickte er auf und sah ihn an.

»Ritter Cederik, der Grund, warum wir hierher kommen sollten, ist vorläufig entfallen. In nächster Zeit wird viel Arbeit auf sie zukommen. Seine Majestät, wir sind seit Jahrzehnten Freunde, wurde von mir, was Sie anbetrifft, stets informiert. Er erhielt ein gefaltetes Schwert, ein Rapier, einen Flaschenzug, eine Pumpe sowie die genaue Beschreibung unserer aktuellen Wasserversorgung samt den Maßnahmen bezüglich Abwassergräben und den Klärteichen! Nicht zu vergessen: Das Porzellan!«

Wieder sah der Herzog still vor sich hin.

»Seine Majestät hat meine Briefe und die jeweiligen Muster nie erhalten! Vorhin, am Ende der Audienz erhielt er die Nachricht, dass sie beim höchsten Ratgeber gefunden wurden. Dieser hat alles unterschlagen! Seine Kollegen wussten davon. Seiner Majestät berichtete ich über das bisherige Geschehen in Kurzform. Die ehemaligen Berater werden wegen Hochverrats hingerichtet, ihre

Helfer wandern für lange Zeit ins Gefängnis. Oder in die Steinbrüche! Dafür kommen die zu Unrecht eingesperrten beziehungsweise ›verschwundenen‹ Personen umgehend frei!«

*

Porphyra! Für einen längeren Zeitraum abgeschlossen.

Seit drei Wochen waren sie wieder zu Hause.

Zusammen mit vier angeblichen Fachleuten für neue Technologien. Diese sollten sich ein paar Tage lang die Schlossburg und Alven, die Wasserversorgung und Entsorgung sowie alle Fertigungsstätten ansehen. Die Berichte über Windradpumpen, die dem König ebenfalls unterschlagen wurden, weckten ihr besonderes Interesse.

Am Ende der Woche sahen die Fachleute ein, dass sie völlig überfordert waren.

Ohne ausgebildete Handwerker und fachkundige Anleitung besaßen sie nicht die geringste Aussicht auf einen dauerhaften Erfolg.

Seine Durchlaucht, Herzog Lynhardt, unterbreitete ihnen folgendes Angebot:

»Wir sind bereit, eure Schmiede, Schreiner und Töpfer auszubilden. Wobei es eine Ausnahme gibt: Den Ton für das Porzellan bekommt ihr fertig gemischt und angerührt! Wenn ihre Leute soweit ausgebildet sind, sodass eure Werkstätten eigenständig produzieren, kommt jemand von uns, und nimmt sich des Themas Wasserversorgung an. Dazu ist es erforderlich, dass Porphyras

Schreiner, Tischler oder wie auch immer, genügend gleichmäßig geschnittene Bretter liefern!«

Mit langen Gesichtern zogen die Männer ab. Die hatten wohl im Stillen gehofft, die Handwerker mitsamt den speziellen Fertigungseinrichtungen einfach so mitnehmen zu können!

*

In zwei Tagen war Baron Georigs Vermählung mit Jungfer Elsbeth angesagt.

Im Hof der Schlossburg baute man ein riesiges Zelt auf. Es würde in weitem Umkreis das Fest des Jahres werden. Er fragte sich, wie die Schlossküche mit diesem Ansturm fertig wurde.

Nicht seine Sache, entschied er und machte sich unsichtbar. Mit dem Hinweis auf seine ungeklärte Herkunft hatte er Georig dazu gebracht, auf ihn als Trauzeuge zu verzichten.

Friedlich vor sich hindösend saß er im Pavillon hinter dem Gutshof. Es war Vormittag und noch drei Stunden bis um Mittagessen. Wenn die Sonnenuhr stimmte.

Demnächst wollte er diese mit Hilfe eines ›Indischen Kreises‹ überprüfen. Und eine mechanische Uhr entwickeln!

»Sir Cederik! Sir Cederik!«

Eine Magd kam laut rufend angerannt.

Was wollte die schon wieder? Gönnten sie ihm seine Ruhe nicht?

Jetzt war sie heran, einen Augenblick nach Atem ringend.

»Sir Cederik! Vor dem Haus warten drei Ritter aus der Garde des Königs! Diese wollen Sie abholen! Seine Majestät ist zu Georigs Hochzeit gekommen und möchte Sie sprechen!«

Den Rest des Tages konnte er wohl vergessen. Am besten, er kam gleich mit, dann hatte er es, um was es sich auch immer handelte, am schnellsten hinter sich.

Die Ritter waren abgestiegen und sahen ihm entgegen.

Ach du meine Güte! Einer der Männer schritt auf ihn zu, den Finger warnend an die Lippen gelegt, ihn zum Schweigen auffordernd.

Der König höchstpersönlich!

»Wir sind Abgesandte seiner Majestät. Er bittet darum, dass Sie uns die Windradpumpe zeigen und erklären!«

Verwundert dreinsehend bat er die Männer, ihm zu folgen.

Vor dem Windrad stehend beschrieb er dessen Aufbau. Einer der Ritter wurde mit einer der gräflichen Zofen aufs Dach geschickt, um sich den Wasserspeicher mit Überlauf anzusehen.

Mit dem König und dem zweiten Mann ging er weiter zur Werkstatt. Im Vorbeigehen orderte er Getränke für die sicherlich durstigen Reiter.

Anhand fertiger Pumpen und einzelner Teile, welche zum Zusammenbau anstanden, konnte die Wirkungsweise erklärt und vorgeführt werden. Danach besichtigte er die Armbrustfertigung und die Drehbank zur Herstellung der metallischen Bolzen.

Da sie alle Durst verspürten, ließen sie sich auf einen Trunk nieder.

»Ritter Cederik, auf Alven kommt demnächst viel Arbeit zu. Alle ihre neuen Erfindungen werden auch in Porphyra ebenfalls dringend gebraucht!«

Der König lachte und nachdem er seinen Krug geleert hatte, bat er Sir Cederik aufzusitzen und ihnen die Wasserversorgung zu zeigen.

Überwiegend im Galopp reitend, ging es zurück in Richtung Schlossburg.

Kurz vorher bog er ab und führte die Ritter den Hügel hoch, den Stollenausgang passierend bis zur Hügelkuppe. Beim Unterstand hielt er an.

Er wies auf die Truhen und bat einen der Ritter, eine Mahlzeit anzurichten. In denen sei alles Benötigte enthalten und dort drüben stünden Getränke gekühlt bereit. In dem kleinen Holzzuber in der Erde.

Der König machte große Augen, schwieg aber.

»Eure Majestät! Wir reiten nachher zum Wehr und Stolleneingang hinab. Ihre Ritter bringen die Pferde zurück zum Stollenausgang. Wir beide gehen durch den Hügel!«

Nachdem sie gegessen hatten, ging es weiter. Am Stollen angekommen erklärte er, wie die Wasserentnahme aus größerer Tiefe arbeitete und vor allem warum.

Am Stolleneingang stand eine kleine Truhe mit Fackeln. Sie brannten zwei an, und schritten durch den Gang, derweil die beiden Ritter zurück über den Hügel zum anderen Ende des Stollens ritten.

Der dunkle Gang durch den Berg, der schmale Weg neben dem in den Känneln vorbeirauschendem Wasser, schien seiner Majestät nicht geheuer zu sein. Jedenfalls atmete der König tief auf, als sie wieder ins Tageslicht kamen, wo sie bereit erwartet wurden.

Auf dem Weg zur Schlossburg sprach der Herrscher kein Wort.

Als sie durch das Tor ritten, bemerkte seine Majestät kurz:

»Nach dem, was ich gestern und heute sah, ist mir klar, warum meine vier Beamten nichts verstanden! Mit derart komplexen Anlagen habe selbst ich nicht gerechnet! Vielen Dank, Sir Cederik. Wir sprechen uns später noch!«

Fein, den war er vorläufig los. Der Trubel um ihn herum, der Aufbau des Zeltes und der Stände nervte. Er wendete sein Pferd und ritt nach Alven. Vor seinem Lieblingsgasthof band er sein Tieran und setzte sich. Bekannt wie er war, saß er nicht lange allein am Tisch. Einziges Thema: der König zu Besuch in der Schlossburg.

Einer sagte, dass seine Majestät den gesamten Vormittag in seinen Räumen geblieben war, um zu arbeiten, sicherlich dringende Staatsgeschäfte, und erst vor ein paar Minuten herausgekommen sei! Jetzt sei er mit dem Herzog und dem Landgrafen zum Essen im großen Rittersaal.

Er überlegte. Was sollte er mit dem angebrochenen Nachmittag anfangen?

Wieder wurde er gestört. Echt zum Verzweifeln! Ein Bote des Herzogs.

»Sir Cederik, Sie werden gebeten, zu seiner Durchlaucht, Herzog Lynhardt, zu kommen!«

Mit ihm konnte es man ja machen! Hoffentlich war die nervende Hochzeit bald vorbei.

In der Schlossburg wurde er sogleich zum Kammerherrn geführt.

Dieser beäugte ihn kritisch und verpasst er ihm eine standesgemäße Kleidung. Wozu? Hatten die noch alle? Bisher bemängelte niemand etwas an seiner Bekleidung .

Ein Lakai erschien.

»Sir Cederik? Bitte folgen Sie mir in den großen Rittersaal, seine Majestät, König Maximilian, erwartet Sie!«

Grummelnd folgte er.

*

Vor der Tür zum Saal standen zwei livrierte Lakaien. Wo kamen die denn alle her? Hatte der König die mitgebracht? Sie rissen die Türflügel weit auf und einer verkündete mit Stentorstimme:

»Ritter Cederik vom gelben Fels am silbernen See!«

Sein bisheriger Führer bedeute ihm einzutreten. Jetzt wurde er wirklich neugierig. Ein Halbrund aus Personen. Mittig vor ihm stand der König, gehüllt in den nur ihm vorbehalten Mantel aus Hermelinpelz.

Gemessenen Schrittes näherte er sich dem Herrscher, bis einer der Ritter die Hand hob, zum Zeichen des Stehenbleibens. Tief verneigte es sich vor seiner Majestät.

Was zum Henker lief hier ab? Wieso plötzlich diese Förmlichkeit?

»Sir Cederik! Im Namen des Königreiches bin ich Ihnen zum größten Dank verpflichtet! Durch Sie und ihre mutige Aussage bezüglich des Zustandes Porphyras wurde der Betrug meiner verräterischen Berater aufgedeckt. Sie erkannten, dass sie sich auf Dauer nicht halten konnten, und hatten ein Attentat auf meine Person vorbereitet! Mein Nachfolger stand bereits fest!«

Seine Majestät schwieg einen Augenblick, derweil die Anwesenden erschrocken dreinsahen.

»Gestern und heute sah ich mich hier in der Schlossburg sowie in Alven um. Unser Ausritt am Morgen zeigte mir klar, dass Sie überragende Kenntnisse besitzen! Von ihrer erstklassigen Kampftechnik ganz zu schweigen!«

Er unterbrach sich, da ein Diener herantrat und ihm ein kostbares Schwert reichte.

»Sir Cederik, knien Sie nieder!«

Verstört kniete er vor dem König. Was kam jetzt?

Der berührte ihn mit dem Schwert leicht auf beiden Schultern.

»Erheben Sie sich, Graf Cederik vom gelben Fels am silbernen See!«

Wie betäubt stand er auf. Mit allem hatte er gerechnet, aber nicht damit.

Der König reichte ihm die Hand:

»Meinen Glückwunsch, Herr Graf!«

Von allen Seiten umdrängt, musste er viele Hände schütteln.

Als nach einiger Zeit Ruhe eintrat, ergriff seine Majestät erneut das Wort:

»Graf Cederik! Baron Georig! Jungfer Elsbeth! Jungfer Dorothea! Bitte treten sie vor!«

Verblüfft bemerkte er, wie Dorothea neben ihn trat und nach seiner Hand fasste.

»Liebe Brautpaare, eure Eltern oder zukünftige Schwiegerväter, haben mich gebeten, morgen eine Doppelhochzeit zu vollziehen. In ihrem Fall, Graf Cederik, ist mir bewusst, dass wir Sie mit dem vorgezogenen Hochzeitstermin ein wenig überfallen. Aber die Gelegenheit, von einem König getraut zu werden, kommt so schnell nicht wieder! Darf ich Sie, Herr Graf, um ihr Einverständnis bitten?«

Dorothea drückte seine Hand und sah ihn bittend an. Warum auch nicht, er wollte sie demnächst sowieso zur Frau nehmen. So ging es in einem Aufwasch.

»Einverstanden!« Kurz und knapp. Sie strahlte in an: »Danke!«

*

Auch Hochzeiten gehen vorüber. Königliche Besuche ebenfalls.

Zusammen mit Dorothea saß er bei einem Krug Wein im Pavillon hinter dem Gutshof.

Farbige, wirbelnde Schleier nahmen ihm die Sicht.

Langsam beruhigte sich das Bild. Immer schärfere Konturen, die Kommandobrücke eines kleinen Raumkreuzers, trat aus den Farben hervor.

Er erinnerte sich! Er war Major Tom Lendering!

Offizier im Raumsicherheitsdienst der terranischen Föderation mit soeben abgeschlossener Zusatzausbildung zum Hüter!

Das Bild verschwand ...

Er erinnerte sich ...

*

Ein Einsatzbesprechungsraum wie so viele andere auch.
Acht Männer und zwei Frauen, bequem zurückgelehnt
in körpergerechten Schalensitzen. In den rechten Arm-
lehnen befanden sich griffbereit Getränke und Gläser.

Drei Männer in Uniform traten ein und nahmen hinter
einem Tisch Platz.

Admiral Martens, der nahezu allmächtige Chef des terranischen Sicherheitsdienstes, Admiral Jakoby, der
Leiter der Ausbildungsstätte und ein Oberst, den Abzeichen nach zum technischen Stab gehörend.

»Meine Damen und Herren,« Admiral Martens ergriff
das Wort, »Sie sind die zehn besten Absolventen unserer
Akademie! Wir suchen drei Freiwillige für ein Raum-
Zeit-Experiment. Jeder wird in einen anderen Zeitab-
schnitt gesandt. Es wird eine Reise ohne Wiederkehr!
Herr Oberst Stanford wird ihnen jetzt grob unser geplan-
tes Vorgehen erklären! Bitte Herr Oberst.«

Der Mann erhob sich und deutet auf einen großforma-
tigen Bildschirm.

»Sie erhalten je eine Zeitkapsel und eine Monitorkugel.
Die Reise wird in einem hypnotischen Tiefschlaf durch-
geführt. Wenn sie erwachen, sind zwei Tage nach der
Landung vergangen. In dieser Zeit sammelt die Monitorkugel alle erreichbaren Daten der dortigen Sprache und
bringt ihnen diese per hypnosuggestiver Methode bei.
Wenn Sie in der Vergangenheit erwachen, erinnern Sie

sich an nichts mehr. Die Zeitkapsel und die Monitorkugel vernichten sich selbst. Nur ihre deaktivierten Einsatzgürtel, welche sie nicht abnehmen können, tragen sie weiterhin. Eines Tages, wenn bestimmte vorgegebene Bedingungen in Erfüllung gingen, erhalten Sie ihr Gedächtnis zurück!«

*

Alleinstehend, keine Freundin.

Kollegen? Ja, aber keinerlei Freunde. Mit anderen Worten, völlig ungebunden!

Er erkannte seine Chance.

Nach Ende der Vorträge griff er umgehend zu und begab sich schnellstens zu Admiral Martens.

»Sir, melde mich freiwillig für die Zeitmission, Sir!«

Der Admiral lachte.

»Geht in Ordnung! Sie sind dabei!«

*

Erneut diese Wirbel ...

Als er die Umgebung wieder erkannte, hielt Dorothea ihn im Arm, weinend, andauernd seinen Namen rufend.

Langsam richtete sich er auf, sich gründlich umblickend. Und erfasste die ihm zugedachte Aufgabe.

Er war Major Tom Lendering, voll ausgebildeter Hüter der terranischen Föderation, bisher ohne eine eigene Welt. Frustriert in Warteposition. Er hatte sich freiwillig gemeldet, als einziger!

Sein Wunsch war in Erfüllung gegangen: Dies hier war ab sofort sein Planet!

Unwillkürlich, aus alter Gewohnheit, ertastete er vier unauffällige Punkte auf dem Metallgürtel und aktivierte diesen. Zwei schwache Stromstöße zeigten dessen Einsatzbereitschaft an.

Ab sofort Augenblick würde ihn bei Gefahr ein Schutzschirm umhüllen. Nichts und niemand konnte für ihn bedrohlich werden. Nicht in den nächsten Jahrtausenden! Genügend Zeit, um diese Welt in eine sichere, friedvolle Zukunft zu führen.

Er lächelte.

Beruhigend strich er seiner Frau übers Haar.

»Nicht weinen Liebling, alles ist vorbei, die Schatten der Vergangenheit verflüchtigten sich!«

Er ergriff die Weinbecher und reichte einen davon Dorothea:

»Auf eine glückliche Zukunft, mein Schatz!«

∗∗∗

Die vorliegende Geschichte wurde aus Hüter Band 7 (BoD) entnommen, da sie überwiegend eine Rittererzählung ist und nur ganz wenige SF-Elemente enthält.